ZAPATOS NUEVOS
Y SOPA DE ALMENDRAS

BEGOÑA ORO

ZAPATOS NUEVOS Y SOPA DE ALMENDRAS

PLAZA & JANÉS

Papel certificado por el Forest Stewardship Council®

Primera edición: enero de 2025

© 2025, Begoña Oro
© 2025, Penguin Random House Grupo Editorial, S. A. U.
Travessera de Gràcia, 47-49. 08021 Barcelona

Penguin Random House Grupo Editorial apoya la protección de la propiedad intelectual. La propiedad intelectual estimula la creatividad, defiende la diversidad en el ámbito de las ideas y el conocimiento, promueve la libre expresión y favorece una cultura viva. Gracias por comprar una edición autorizada de este libro y por respetar las leyes de propiedad intelectual al no reproducir ni distribuir ninguna parte de esta obra por ningún medio sin permiso. Al hacerlo está respaldando a los autores y permitiendo que PRHGE continúe publicando libros para todos los lectores. De conformidad con lo dispuesto en el artículo 67.3 del Real Decreto Ley 24/2021, de 2 de noviembre, PRHGE se reserva expresamente los derechos de reproducción y de uso de esta obra y de todos sus elementos mediante medios de lectura mecánica y otros medios adecuados a tal fin. Diríjase a CEDRO (Centro Español de Derechos Reprográficos, http://www.cedro.org) si necesita reproducir algún fragmento de esta obra.

Printed in Spain – Impreso en España

ISBN: 978-84-01-03587-6
Depósito legal: B-19326-2024

Compuesto en Mirakel Studio, S. L. U.

Impreso en Rotoprint by Domingo, S. L.
Castellar del Vallès (Barcelona)

L 0 3 5 8 7 6

Como hija, a mi madre.
Como madre, a mi hijo

I

ZAPATOS LIMPIOS

ÉL

—Nunca contrates a alguien que tenga una vida secreta —me dijo el jefe cuando la candidata salió de la oficina.

—¿Y cómo sabré si la tiene?

—Lo sabrás. Ella la tiene.

Lo dijo mirando hacia la puerta, como si todavía viera su falda azul ondeando por el pasillo. Estaba completamente arrugada, la falda. Como un papel de regalo pasado por las manos de mis sobrinos.

Ahora sé que si el jefe no comentó nada sobre el culo de la candidata fue porque estaba esperando a que lo hiciera yo. Confío en que ya sepa que no puede esperar esas cosas de mí. Yo solo me fijé en eso, en lo arrugada que se le había quedado la falda.

Los candidatos siempre llevan los zapatos lustrosos. Se esmeran. Van impecables por delante. Por detrás… Por detrás es otra cosa.

«Míralos cuando creen que nadie los mira. Sobre todo entonces», había sido uno de los primeros consejos del jefe.

El jefe es condenadamente listo. No me gustaría ser hijo de mi jefe, ni mujer de mi jefe, ni jefe de mi jefe. Pero como jefe… Al jefe le gusta enseñar. Soy su pupilo.

Aquel día, el día de la mujer misteriosa, comí con el jefe. Hablamos de la candidata.

—Lo que yo te diga —insistió el jefe—. Esa mujer tiene un muerto en el armario como que tú te llamas Pablito.

Pablito.

Le habría dicho al jefe que entonces lo que tendría la mujer es un muertito en el armarito. Pero aún no me atrevía a bromear con él. Por eso solo dije:

—Pablo. Me llamo Pablo.

No llevo tanto tiempo con el jefe como para renunciar ya a que me llame por mi nombre. A mí solo me llama «Pablito» mi madre.

—Pero todos tenemos secretos —insistí.

—Si tú tienes secretos, entonces tendremos que admitir que todo el mundo tiene secretos —dijo el jefe, y apuró su copa de vino—. Pero no es lo mismo tener un secreto que tener una vida secreta.

—¿Y en qué crees que consiste esa vida secreta?

—Mira, Pablito...

—Pablo —susurré. Mi palabra cayó sobre la mesa como un grano de sal sobre el mantel blanco.

—... nuestra misión no es averiguar lo que oculta la gente. Si eso es lo que quieres saber, te has equivocado de profesión. Lo que tenemos que hacer nosotros es otra cosa.

ELLA

A mí no se me ha muerto nadie.

Me refiero a alguien cercano.

Bueno, se murieron mis dos abuelos. Cuando era pequeña. Pero ¿ves?, digo: «Se murieron». No: «Se me murieron», que es otra cosa.

Conozco gente a la que se le ha muerto gente. Al parecer, tardas un tiempo en hacerte a la idea. Cuentan que te ves con el teléfono en la mano, llamando a esa persona que ya no puede oírte para contarle una noticia. O llegas a casa y, nada más entrar, lo saludas. Si el nombre es largo, te quedas a mitad de palabra: «Ya estoy aquí, Alejan».

A mí me pasa lo mismo, pero al revés.

Cada día llego a casa y me llevo un susto de muerte al encontrarme a mi madre dentro. No me hago a la idea de que vive conmigo.

Otra vez.

Pero ahí estaba, en casa de la abuela, la casa en la que me refugié cuando la abuela volvió definitivamente a vivir al pueblo. Había tenido la casa para mí solita un par de años, pero ahora llegaba y mi madre estaba ahí, pasando el aspirador por la alfombra a las diez y media de la noche, que ya me dirás tú si son horas. Los vecinos de abajo estarían encantados.

—Se ha enfriado la tortilla —a modo de saludo.

O sea: «Llegas tarde» y «Me he pegado una hora haciendo tu plato favorito».

Reprochito y abnegación, especialidad de la casa.

Con cebolla.

«Gracias, mamá». Es lo que debería haber dicho. Lo sé.

—Mmm —es lo que mugí antes de meterme en el baño y pegarme un buen rato con el móvil.

—Hija, que se enfría —gritó mi madre desde el otro lado de la puerta unos minutos después.

—Pero ¿no has dicho que ya estaba fría?

—Es que has llegado tan tarde…

—¿Qué pasa? ¿Que ahora tengo hora de llegada? ¿Qué tengo? ¿Quince años?

—No, si tú puedes llegar cuando te dé la gana. Faltaría más —me soltó al otro lado de la puerta—. Pero ten en cuenta que tu libertad empieza donde acaba la de los demás.

—Es al revés, mamá. Es «tu libertad acaba donde empieza la de los demás».

La oí suspirar y largarse arrastrando los pies. En el pasillo, no hay alfombra.

—¿Querrás pan? —me gritó desde la cocina mientras en Instagram me aparecía el anuncio de una nueva hamburguesería—. Puedo descongelarte un trozo en el microondas.

Me rendí. Cerré las aplicaciones, tiré de la cadena para disimular y fui a cenar.

La mesa estaba puesta. Tendría que estar agradecida, pero aquella servilleta de tela sobre mi plato me irritó. ¿Hacía cuánto que no las lavábamos? Yo antes me apañaba con un trozo de papel de cocina. Pero desde que vino mi madre… Y cómo iba a quejarme.

Igual lo que me irritaba era ese «tener que» estar agradecida.

O mi madre entera.

No es fácil explicar cómo volví a vivir con mi madre. Tampoco es fácil volver a vivir con ella.

Dicho esto, ojalá no se me muera nunca.
Ojalá me irrite eternamente.
Además de la tortilla, había un plato de jamón.
—Jamón de Teruel —dijo mi madre toda orgullosa.

ÉL

—Si me dieran una bellota por cada vez que he oído «mi mayor defecto es que soy perfeccionista», podría mantener cien piaras de cerdos —dijo el jefe mientras cogía un trozo de jamón ibérico cinco jotas con dos dedos.

La forma en la que come jamón mi jefe se parece bastante a la forma en que entrevista a cada candidato. Lo coge con delicadeza, lo agita un poco… y luego se lo zampa.

—La verdad es que no parecía muy perfeccionista. Vamos, no sé, creo —le dije al jefe.

—Ay, Pablito.

—Pablo.

—Ese tío tenía de perfeccionista lo que yo de malabarista.

Sonreí. Era la primera vez que me daba la razón.

Pero entonces el muy cabrón cogió tres panecillos de la panera y los tiró, uno a uno, por el aire. Empezó lentamente. Luego fue acelerando y acelerando. No tenía nada que envidiar al malabarista del semáforo del cruce de Abascal con Castellana. El número acabó dejando el panecillo de cebolla a su izquierda, la *fougasse* con aceite de oliva y sésamo a la derecha, y bebiendo de su copa de vino mientras el último panecillo subía hasta lo alto del techo del restaurante. Con una mano dejó la copa de vino y con la otra atrapó el panecillo integral con semillas de lino y girasol.

Yo dejé de sonreír. Quien sonreía, admirado, era el hombre de la mesa de al lado, que inclinó la cabeza cortésmente y le dedicó un aplauso silencioso.

El jefe se puso la mano bajo el pecho, inclinó la cabeza y, al levantarla, me guiñó un ojo y dijo:

—Me lo enseñaron en unas jornadas de *team building*.

—Entonces, señor Malabarista. —Empezaba a permitirme ciertas licencias con el jefe, y notaba que él las celebraba con alentadoras sonrisas—. ¿Diría que el candidato sí era perfeccionista?

—No lo sé seguro. Pero no te diría que no.

En aquel momento me sentí feliz de poder decir algo que al jefe se le había pasado por alto.

—Bueno... Hay un detalle... Es algo que me hace pensar que tan perfeccionista no es.

—¿Ah, sí? —dijo el jefe con una media sonrisa—. ¿Cuál?

—Le faltaba un botón en la manga izquierda del traje —solté triunfalmente.

Entonces el jefe se llevó la mano al bolsillo.

—¿Este quizá?

—¿¿Pero..., pero...??

—Estaba todo el rato tocándose la manga disimuladamente —explicó el jefe—. O eso se creía él, porque el caso es que te diste cuenta hasta tú.

Yo cogí un cachito del manoseado pan de cebolla.

—Estaba claro que se sentía incómodo. Una de dos: o no se había dado cuenta hasta que llegó aquí, que lo dudo, o lo perdió poco antes de entrar en la entrevista y ese detalle le estaba sacando de quicio, lo que encajaría con alguien perfeccionista.

—Pero ¿dónde lo encontraste? ¿De dónde has sacado el botón?

—Ay, Pablito. Siempre empeñado en saber lo que menos importa. El día que centre tu curiosidad haré de ti un monstruo. Pero vamos, por si te quita el sueño, te diré que estaba en la sala de espera, entre una de las sillas y la mesita de las revistas. Se le debió de enganchar. ¿Satisfecho?

Entonces lanzó el botón al aire como si fuera un panecillo integral con semillas de lino y girasol. El botón dio vueltas y vueltas en el aire y, al final, cayó en mi copa de agua.

El jefe no se inmutó. Cogió otro trozo de jamón, se lo comió y a continuación metió sus dedos grasientos en mi copa llena como si fuera un lavafrutas.

—Me lo guardo por si volvemos a verlo —dijo rescatando el botón y echando a perder mi agua.

—Entonces ¿va a ser el seleccionado? —pregunté yo ingenuamente.

—Ni de coña —contestó sin pensárselo dos veces—. Y otra cosa. No quieras parecer más listo que yo —me dijo acercándose hacia mí. Y luego se recostó y añadió—: No digo que no intentes serlo. Pero no intentes parecerlo, Pablito.

—Pablo.

ELLA

Aproveché que mi madre había bajado a tirar la basura para responder a Sandra. Para mí que se había puesto una alarma para preguntarme cada día después de terapia. No se le pasaba ni una.

Yo no era ni la mitad de buena amiga que ella. No sabría decir ni cuándo era su cumpleaños. En diciembre, creo.

Le mandé un audio:

—Jo, gracias, Sandra. Siempre tan pendiente... Todo bien, muy bien. ¿Y tú? Cuéntame, que te meto cada turra con lo mío... La de hoy ha sido la penúltima sesión de grupo. Las voy a echar de menos, no te creas. Son muchos meses...

—Seguro que ellas te echarán de menos a ti —escribió Sandra—. Y tus historias.

Carita sonriente.

«Siempre se debe llamar a cada cosa por su nombre, pero, si uno no se atreve, debe poder hacerlo en el cuento», nos decía Luisa en terapia. Se ve que antes lo dijo Andersen.

Sandra sabía alguna de aquellas historias. Y otras historias. Sabía hasta las historias que no debía saber nadie.

Oí la puerta de casa. Mi madre había vuelto.

—Otra vez el contenedor amarillo *hasta la banderilla* —entró diciendo.

—Te escribo, que ha vuelto mi madre —le dije.

Sandra se rio. O al menos puso tres emojis riendo.

—Sois una pareja muy graciosa —dijo.

—¿Te puedes creer que se ha pegado toda la cena hablando de Toni?

—Qué quieres. Si no le contaste…

Nos quedamos las dos en línea, sin decir nada.

Estábamos escribiendo un silencio.

Sandra sabía que era más, mucho más, lo que no le había contado a mi madre. Porque una cosa es lo de que Toni, el novio ese que tan fabuloso le parecía, fuera más tóxico que un vertido de tetracloruro de carbono y otra, que, después del vertido tóxico, me liase con un hombre casado y acabase atropellando a su mujer.

Estoy segura de que mi madre no quería saber. Practica el deporte de la ignorancia como forma de supervivencia. Pilates para la espalda, ignorancia para el corazón.

—Cuando tengo el turno de mañana, se levanta antes que yo para hacerme un bocadillo y que me lo lleve —le escribí a Sandra.

—Pues es de agradecer, ¿no?

Con lo que me irritaba ese tener que estar agradecida…

—Me trata como a una niña. Nunca conseguiré que me vea como una adulta funcional.

—A ver, Vicky. Funcional, funcional… ¿Funcional de esas a las que no les funcionan los frenos?

Me reí. Me reí y le mandé un montón de emojis llorando de risa. Solo ella podía decirme eso y hacer que me riera.

Solo ella —y Rodri, claro— sabía que cuando atropellé a la mujer de Rodri, cuando la vi en la calle y la reconocí y avancé hacia ella, contra ella, como una loca, con la bici eléctrica de Bicimad, cuando le dije, sangrando en el suelo, ella despatarrada a mi lado, sin tener ni idea de quién era yo, cuando le dije «Lo siento, señora. Es que no funcionaban los frenos», no era verdad. Lo que no funcionaba bien, la que iba cuesta abajo y sin frenos, era mi cabeza.

Pero esa cabeza empezaba a estar bien.

—Me han citado —le escribí a Sandra.

—¿En el juzgado?

—No, idioti. Para la entrevista de trabajo.

Me inundó el wasap de tréboles de cuatro hojas.

—Te mereces lo mejor.

—Tú más.

—No hay más que lo mejor.

—Pues lo mejor por dos.

—Y tú, por infinito.

Corazoncito rosa. Rosa chicle, como ese intercambio de cariño que podríamos haber seguido estirando (tú más; no, tú...) de no haberlo interrumpido mi madre.

—Qué pelo tan bonito tenías de pequeña —dijo en voz alta.

Estaba mirando una de las cien fotos que había en el mueble del salón.

En aquella foto, dentro de un marco de madera con filo dorado, sonreíamos mi hermano y yo, de pequeños, en el regazo de la abuela, el mejor sillón del mundo.

—Tan rubia, tan mona... —dijo mi madre con ternura antes de mirarme y soltar—: Parece mentira.

—Te dejo —escribí a Sandra—. Tengo que discutir un ratito con mi madre.

Emoji de la risa y:

—Dale un beso de mi parte.

ÉL

La candidata era rubia. Rubia como mi madre. Rubia teñida.

Cuando salió por la puerta, vi en la espalda de su americana oscura, en ese punto ciego de los candidatos, un largo pelo rubio.

Nada más irse del despacho, Gloria entró a traer unos papeles y el jefe se levantó de la silla y abrió la ventana.

—Uf, sí —dije yo agitando la mano delante de la nariz.

—Opium —sentenció Gloria.

El jefe se encendió un cigarro.

—¿Cómo?

—OPIUM —repitió el jefe—. Es un tecnicismo muy usado en Recursos Humanos para designar una *Oblivious Person In Useless Meaning*. ¿De verdad no lo habías oído nunca?

Yo aún seguía buscando algo de sentido a aquella absurda frase cuando Gloria se apiadó de mí.

—Ni caso, Pablito. Te está tomando el pelo. Opium es un perfume.

—Yves Saint Laurent —precisó el jefe.

—Ah —dije yo.

—Apuesto a que tu madre usa Eau de Rochas. O la colonia de Álvarez Gómez —aventuró el jefe, como si fuera algo de lo que burlarse.

Mi madre usa la colonia de Álvarez Gómez. Y también Eau de Rochas.

—¡Ay, Pablito! ¡Qué vamos a hacer de ti! —le jaleó Gloria. Les gustaba compincharse contra mí.

—Pablo, llamadme Pablo —insistí—. Yo tuve una novia que...

Pero para el jefe no había más batallitas que las suyas.

—Podría ser peor —me interrumpió—. Podría ser Poison.

¿Cómo podía saber tanto de colonias? ¿Lo habría aprendido en unas jornadas de *team building*?

Gloria salió del despacho. Yo me permití el lujo de no darle pie al jefe a contar otra historia, porque estaba claro que, detrás de aquella referencia a Poison, había algo —alguien— más.

—Esta mujer también parecía tener una vida secreta, ¿no? —dije volviendo a la candidata. Quería que el jefe viera lo rápido que aprendía.

Se quedó unos segundos pensando, moviendo la cabeza de un lado a otro.

—No sé si tiene una vida secreta o si quiere que lo creamos.

Si mi jefe fuera entrevistado y tuviera que responder a esa pregunta enrevesada de su invención, aquella de «¿Qué característica considera que le define y al mismo tiempo no negaría su contraria?», creo que la respuesta correcta sería la sutileza y la zafiedad.

—No lo pillo —admití. Había descubierto que al jefe le gustaba más que confesara mi ignorancia que me dedicara a disimularla.

—Normalmente la gente intenta ocultar sus secretos —me explicó el jefe, encantado de ponerse didáctico—. Es entonces cuando se nota que los tienen. Pero ella estaba demasiado ansiosa por mostrar que había cosas que no nos iba a contar.

—¿Y qué ganaría con ello?

—Misterio.

—Me encantaría saberlo.

—No, digo que lo que ganaría es un halo de misterio —dijo el jefe soltando una bocanada de humo.

Necesitaba dos semanas más en la oficina para reunir el valor de quejarme por aquello. No se podía fumar en la oficina, pero el jefe lo hacía cuando le venía en gana. Seguro que era denunciable. De momento, en vez de quejarme, le dije:

—¡Pero nadie contrata a una directora de marketing por que sea misteriosa! Ser misterioso no es una cualidad necesaria para el puesto.

—Para el puesto no. Para el amor sí.

Y me guiñó un ojo.

—¿Me estás diciendo que esa mujer estaba intentando ligar con nosotros?

El jefe soltó una risotada.

—No te equivoques, Pablito. Intentaba ligar. Pero no contigo.

—¿Y tú cómo lo sabes? —pregunté esta vez genuinamente interesado—. Quiero decir... ¿Cómo lo distingues? Al fin y al cabo, ellos se afeitan, ellas van a la peluquería, todos buscan la ropa que mejor les sienta, los calcetines de la suerte, el color de pintalabios más favorecedor... Todos pretenden ser encantadores. Todos quieren encantarnos.

—Muy bien, Pablito —dijo el jefe asintiendo—. Vas aprendiendo. Nuestro trabajo consiste en someternos a varios procesos de seducción al día y salir indemnes.

Y, tras un breve silencio, añadió:

—O no.

Apagó el cigarrillo, cerró la ventana y salió de la sala.

—¡Gloria, espera! —le oí decirle a la secretaria—. ¿Puedes dejarme en la mesa el test de la última candidata?

ELLA

De eso ya hacía tiempo, pero la primera noche que pasó mi madre en casa me di cuenta de que, a partir de ahí, sería ella quien aportara los detalles.

Muchos detalles.

—Ya duermo yo en el sofá, hija mía. Por mí no te preocupes —me ofreció la primera noche.

—Pero mamá... Si podemos dormir juntas en la cama de los abuelos —dije con la boquita pequeña.

Sí, soy una egoísta. Tengo más voluntad, más deseos, que el de encajar. Prefería tener la cama para mí sola.

Mi madre lo sabía.

Claro que lo sabía.

—Nada, nada, hija. Si mira qué bien me recoge el sofá los riñones.

Qué bien encaja mi madre en todo... Cómo se adapta ella al mundo, la mujer viscoelástica.

—Me va a venir *de perlillas* —insistió—, porque últimamente tengo un dolor aquí...

Ni me molesté en mirar donde señalaba.

El «aquí» de los dolores de mi madre era el mapa de Pangea; abarcaba, amalgamado, todo lo existente.

—Nada, tú, cuando quieras, te vas a la cama —dijo, como dándome permiso.

Cambió de canal, dejó el mando pegado a su muslo y se puso a coser un botón que —yo ni me había enterado— se le había caído a mi camisa azul.

Así, con pequeñas variaciones en el color de los botones y en el programa de televisión, pasaron muchas noches. Porque no sé si era mi madre o solo tiempo lo que yo necesitaba que pasara. En cualquier caso, pasaron las dos cosas: mi madre, que todo lo pretende coser, y el tiempo, que todo lo ha de curar. Y debo reconocer que por fin dormí bien. No todas, pero sí algunas noches. Y no llamé ni una vez a Rodri. Y no falté a una sola sesión de terapia. Y me miré a través de los ojos de mi madre, y me vi niña. Y no abrí más que algún que otro botellín de cerveza. Y algunas noches hasta olvidé tomar el diazepam. Y pensé: «Ya estoy bien».

Y también, cuando pasaron los días: «Como siga aquí mi madre, sí que voy a terminar de volverme loca».

Pero ¿cómo iba a echar a mi madre? ¿Cómo iba a hacerla salir de mi vida? ¿Cómo devolver una alfombra usada?

No tenía ni idea, hasta que la realidad me brindó la ocasión: mi padre desapareció de repente.

Ya no iba a devolver a mi madre, no. Lo que sucedía es que mi madre tenía que ir a cumplir una misión.

SuperMariCarmen al rescate. O sor MariCarmen, que yo veía a mi madre más de misión de misionera, que la abnegación va más a juego con una toca de monja que con un esmoquin de agente especial. Son dos formas distintas de ir de blanco y negro.

Solo una misión más urgente podía apartar a mi madre de la misión de salvamento que se había arrogado conmigo. Lo malo es que no podía encargársela directamente. Tenía que emplear el lenguaje familiar de los meandros.

—Hace unos días que no sé nada de papá —le empecé a decir—. Lo llamo y no me coge. Le mando mensajes y no contesta. ¿Está bien?

—¡Oye! Tú pon lo que quieras en la tele, ¿eh? Como si no estuviera —dio mi madre por toda respuesta, y era lo mismo que decía todas las noches mientras sus manos se aferraban al mando con una artritis sobrevenida a su contacto, que moriría mi madre y tendríamos que enterrarla con el mando entre las manos, como un rosario catódico.

—¿Y papá? ¿No te echa de menos? Yo te lo agradezco, pero... ¿No llevas demasiado tiempo conmigo, mamá?

Cómo iba a ir más allá de aquella pregunta, si sabía yo que en cierto modo la había invocado. Pero, cuando uno anhela la presencia de alguien, obvia que, junto a ella, llegarán también esos incordios que el tiempo amplifica. Los ruidos, los olores, los...

—¡Españoles por el mundo! —exclamó mi madre, sin soltar el mando.

—¿Hasta cuándo te vas a quedar?

Sabía que era una pregunta un poco descortés, pero no hay pregunta descortés para quien sabe esquivarlas, y mi madre era experta en contestar lo que le daba la gana.

—Dentro de nada, Navidad —fue, de hecho, la respuesta de mi madre, que podía interpretarse de cualquier manera.

A continuación, subió el volumen y siguió cosiendo. Yo tenía una letra K de madera, de adorno. La tenía a un lado de la tele, pero ella la había movido y la había dejado en el centro, de forma que tapaba parte de los textos que aparecían sobreimpresionados en la parte inferior de la pantalla.

—Sí que tiene que ser bonito Shanghái, sí. ¿Te conté que estuvo Magdalena?

La miré en silencio, pero mi «No tengo ni la menor idea de quién es esa Magdalena» debía de transparentarse a través de mi frente porque mi madre se tomó muy en serio sacarme de mi error.

—¡Sí, mujer! ¿No te acuerdas? Su hijo mediano iba a tu mismo curso, pero a otra clase. Iba con Toni, ¿no te acuerdas?

Se me pusieron los pelos de punta. Lo último que necesitaba es que mi madre volviera a hablarme una vez más de Toni el Magnífico, Toni el yerno ideal, Toni la malapersona que me tuvo atada a sus pies durante tres años mientras llevaba tartas los fines de semana a casa de mis padres, y qué encantador parecía entonces. Pero hubo suerte. Mi madre siguió hablando del hijo de no sé quién que había estado en Shanghái.

—Fuisteis juntos a clase de patinaje. ¿No te acuerdas de que una vez su madre llegó tarde a buscarlo y nos lo trajimos a casa?

—No, mamá.

—Sí, hija. Te tienes que acordar. —Y cada vez que oigo «Te tienes que acordar», pienso «¿Por qué? ¿Porque tú te acuerdas? ¿Porque tu vida es un cúmulo de vidas con las que llenas la tuya pero yo a duras penas puedo con la mía?»—. Su marido le pintó la casa a Fernanda. Dice que la mar de bien. Y muy económico. Fue cuando se puso una pared de color fucsia. —Sí, ella siempre aporta muchos, muchísimos detalles—. Para mí que quedaba un poco hortera, pero ella estaba encantada y cualquiera se lo decía, con lo orgullosa que estaba, que por repintar y tirar una pared se creía que había transformado su piso en un *plof* de esos...

—*Loft*, mamá, se dice *loft*. ¿Y eso qué tiene que ver con Shanghái?

—Ah, sí —retomó el hilo mi madre—. Bueno, pues que Magdalena fue con su marido, el pintor, allí, y dice que impresionante. Yo no sé cómo eligieron irse allí y no al Caribe o a Tailandia, o esos sitios más normales. Fue cuando les tocó la lotería. Ellos dicen que un mordisco.

—Pellizco, mamá.

—Lo que sea. Pero para mí que fue un buen pico.

—Pero mamá —insistí—, ¿no te vas a casa?

—Total, tu padre no está —soltó por fin.

—¿Y dónde está papá, si se puede saber?

Mi madre se puso a mover cosas dentro del costurero. Yo no sé si lo ordenaba o si se dedicaba a marear agujas, hilos, botones y presillas.

—Mira, Vicky —dijo con las gafas en la punta de la nariz, sin mirarme, sin dejar de menear piececitas—, yo estoy donde se me necesita, y no hace falta que digas nada, que las madres lo sabemos todo.

Pero qué iba a saber ella si yo me había ulcerado guardando todo en secreto: mi relación con Rodri, cuando atropellé a su mujer, el acuerdo privado... Pero qué iba a saber ella si no contarlo a nadie era una de las cláusulas del acuerdo que firmé con Rodri para no ir a juicio por lesiones. Y qué iba a saber ella, en fin, si lo que de verdad había pasado, porque parecía que por fin estaba pasando, lo que me había hecho actuar como una delincuente o una demente, desenfrenada, lo que me había impedido dormir, lo que me había quitado un tiempo las ganas de vivir, no lo sabía ni yo. Si había necesitado meses de terapia, individual y de grupo, para desenredar esa bola.

Qué iba a saber ella, que sabía la vida del hermano del suegro del hijo del vecino, pero que no veía de cerca. Si estamos todos genéticamente programados para no acabar viendo bien de cerca.

Mi madre se levantó del sofá, se fue a poner el camisón y luego la oí canturrear mientras se lavaba los dientes.

Y entonces recordé aquel momento, el momento en que le comenté a Raquel que mi madre tenía llaves de mi casa y ella me preguntó que si estaba loca y me contó cómo había tenido que inventar una coartada a prueba del Centro Nacional de Inteligencia para quitarle a su madre las llaves de su casa porque, desde que estaban intentando fabricar un hijo, su madre aparecía siempre en el momento álgido de producción y así no había manera, y hasta Manuel creía que le había producido esterilidad en sus tropas porque no hay ejército que no considere replegarse ante la presencia de una suegra. Y recuerdo que en ese momento me sobraron tantas explicaciones, sobre todo esas del ejército y las tropas, porque no necesitaba símiles fabriles ni bélicos tan casposos; pero, total, ya estaba acostumbrada a las explicaciones de más de mi madre. Pero lo que sí es cierto es que con tanta explicación me perdí lo esencial de todo aquello: nunca des las llaves de casa a tu madre.

Y una noche más me arrastré hasta la cama con mi viejo pijama de Hello Kitty.

Diez minutos después, oí a mi madre roncar y a un español por el mundo hablando de lo mucho que echaba de menos a su familia.

Con lo bonito que es Shanghái.

ÉL

—¿Qué característica considera que lo define y al mismo tiempo no negaría su contraria?

El candidato sonrió.

Normalmente, ante esa pregunta, la gente se lanza al vacío diciendo una característica suya y luego, cuando el jefe los azuza con la contraria, se remueven nerviosos y la niegan. Los jactanciosos se enfadan y los humildes acaban confesando: «Disculpe, no había comprendido la pregunta», porque a ver quién la comprende, con lo mal formulada que está, y los que son jactanciosos y al mismo tiempo humildes, los únicos que podrían dar por buena la pregunta... Bah, esos no existen. Al final, creo que la pregunta de marras no es más que una trampa para cazar a gente incapaz de reconocer sus propias limitaciones.

Los menos, los que en medio de una entrevista de trabajo son capaces de reconocer que no han comprendido aquella absurda pregunta, piden que se la formulen de otra forma porque no la han entendido.

Pero Julio Massa parecía haber estado esperando toda su vida aquella pregunta.

—Francamente, la vagancia.

El jefe se recostó en su silla complacido.

—Supongo que no es lo mejor que uno pueda decir de sí mismo en una entrevista de trabajo, pero me encanta no hacer nada. El *dolce far niente*. «Tumbarse a la bartola», dicen acá, ¿no es cierto? Allá decimos «bartolear», bueno, más bien «fiacar». Hay gente que llena su tiempo libre de ocupaciones. A mí me gusta hacer algo de deporte, leer... Pero me encanta no hacer absolutamente nada. Del gimnasio, me quedo con el spa. Y al mismo tiempo, soy muy muy trabajador. No me asusta el laburo. Cuando tengo que trabajar, trabajo al doscientos por cien. Sí, definitivamente soy un vago reaplicado.

Cuando el vago reaplicado abandonó la sala, el jefe me preguntó:

—Dime, Pablito.

—Pablo.

—¿Tú qué me dijiste cuando te pregunté lo de la característica que te define y su contraria? No me acuerdo.

Yo sonreí. Me acordaba perfectamente.

—¿Dices después de que te pidiera que me la reformularas?

—Ah, eras de esos. Claro, sí. No me extraña.

—La prudencia. Dije que me consideraba una persona muy prudente, pero que, en determinados momentos, podía llegar a actuar como un kamikaze.

—Guau —dijo el jefe—. ¿«Kamikaze» dijiste? Eso es bastante... kamikaze viniendo de ti.

—Ya ves —dije complacido—. ¿No me crees?

—Ni te creí ni te creo.

—Entonces ¿por qué me contrataste?

—Hombre, Pablo —«Pablo», me dijo—. Si solo se pudiera contratar a gente que responde con la verdad a todas las preguntas, todos los puestos directivos estarían vacantes.

El jefe había montado la empresa a todo plan. Se suponía que trabajábamos en captación de talento, puestos top, CEO, CIO, COO... C-suite, vaya. Éramos *headhunters*. Pero, en los últimos tiempos, ya no hacíamos ascos a nada. *Tailhunters*, decía el jefe cuando el puesto no era muy cualificado. No, no todos los que pasaban por la oficina eran aspirantes a directivos.

—Yo no soy un directivo —le recordé al jefe.

—Pero trabajas conmigo.

—¿Lo ves como soy un kamikaze? —Y envalentonado por ese «Pablo» me atreví a decirle—: Hablando de jugarse la vida... ¿Te has planteado dejar de fumar? O, al menos, ¿no hacerlo dentro de la oficina? Ya no lo digo por ti... Ese humo me está matando poco a poco.

Fue mala idea.

Lejos de disculparse, mi comentario le dio unas ganas locas de encenderse otro cigarro.

—Aún haré carrera de ti, Pablito —dijo exhalando el humo descaradamente—. Aunque a mí no me engañas, tú de kamikaze tienes lo que yo de submarinista.

Pero aún no sabía si en algún curso de *team building* le habían metido en una piscina con bombonas de oxígeno.

ELLA

Número 182.

Mi actual empleo me genera a diario defensas contra la sorpresa. Estoy prácticamente inmunizada ya.

Tú sabes el número que se va a acercar hasta tu puesto. Quién sostendrá ese número entre uñas mugrientas, cuidadas, mordisqueadas, con padrastros, con pellejos, con manicura francesa, con seis dedos con uñas de colores…, es algo más difícil de imaginar.

Por delante de mi mostrador han desfilado una mujer disfrazada de almeja que no estaba en una despedida de soltera; un equipo de baloncesto de la República Checa; un cobrador del frac; dos policías secretos; varias personas sin otro hogar que la estación de Atocha-Almudena Grandes; unos trillizos pelirrojos que no eran irlandeses; un profesor de Operación Triunfo; varios hombres con pajarita; un representante de material erótico que quiso aprovechar para venderme un consolador; Andy (o Lucas, uno de los dos); una ministra; un hombre que llevaba un mapache en un trasportín; la tiktóker esa de pelo rizado, no me sale el nombre; una japonesa que llevaba su propio bidé eléctrico portátil; un ¿hombre? disfrazado de Pikachu… Pero, de todas las personas que podría encontrarme tras el número 182, la que encontré, por predecible, era la última que esperaba.

—Hija mía, qué cola, hay que ver. ¡Y cuánta gente! Un hombre que iba corriendo con una maleta casi me mata de un empujón.

Hice un esfuerzo morrocotudo para no decir «¡mamá!».

«Profesionalidad, Vicky», me dije.

—¿Para dónde quiere el billete?

—Ay, hija mía. Tan lista y con tantos estudios, para acabar de taquillera en la Renfe.

—Operadora comercial.

—¿De verdad no podías encontrar nada mejor?

Estaba en ello. Claro que estaba en ello. Llevaba en ello desde que salí de la facultad. Tenía una entrevista de trabajo dentro de dos días. Pero lo último que necesitaba era contárselo y añadirme la presión de sus expectativas.

—Mamá, por favor —le susurré—. ¿Es algo urgente o quieres un billete?

En ese momento con gusto le habría sacado un billete con destino a Garrovilla-Las Vegas con salida a las 12:58, transbordo en Alcázar de San Juan y llegada a destino a las 21:45. Pero mi madre dijo:

—Lo que quiero, hija mía, es que seas feliz —y casi sin transición, sin tiempo de respirar, añadió—: ¡Tengo un dolor en el costado izquierdo que he tenido que sentarme en un banco a mitad de camino porque no podía ni andar!

—Mamá, estoy trabajando —la corté.

—Bueno, igual son solo gases —dijo mi madre como quien dice un claro eufemismo para «será cáncer de estómago»—. Te he traído un bocadillo. Es de queso y anchoas. Estaban de oferta.

—Gracias, mamá.

—Bueno, te dejo, que estás trabajando.

—Eso.

—Trabajas más que los chinos. Pero en fin. Me voy.

—Adiós.

—¿Sabes con quién me he encontrado en el metro?

—Mamá.

—Bueno, te lo cuento en casa, que estás trabajando.

—Sí, mejor.

—Ah. Se ha muerto Rafa, el marido de Fina. Un infarto. Tieso de la noche a la mañana.

Yo miré por detrás de mi madre. Un hombre trajeado miraba su teléfono. Si tanta prisa tenía, ¡que se fuera arriba, a los cambios de última hora!

—Me lo cuentas luego, ¿vale?

—A ver si no me duele.

—¿El qué?

—El costado, hija, el costado. ¿Irás a casa?

«¿Irás a casa?».

¿Acaso podía hacer otra cosa?

Pero en ese momento había otra cosa que podía hacer: aprovechar las ganas que tenía mi madre de que la retuviera para hacerle hablar de lo único que no lograba que hablara:

—Mamá, ¿dónde está papá?

—No te preocupes, hija, que tu padre llama cada día y dice que está bien, y se nota que es verdad, que ya sabes que tu padre es traslúcido, que no sabe disimular, que no es como yo. No, tu padre es igual que tu hermano.

Lo de que mi madre supiera disimular era una teoría que solo mi madre sostenía.

—Jorge también me dijo que había hablado con él. ¿Por qué no me llama a mí? ¿Por qué no coge mis llamadas?

—Hala, no te olvides del bocadillo. Le he puesto también un poco de tomate. Y aceite. Dentro va una servilleta, para que no te manches.

Y se fue como se va y se queda ella siempre: unilateralmente.

Hacía tiempo que ya no la necesitaba. Hacía tiempo que le mandaba señales para que volviera a su casa, más aún desde que había desaparecido papá. Vale que mis primeras señales fueran de humo, pero ya había pasado a las bengalas, a los fuegos artificiales. Solo me faltaba contratar una avioneta como esas que pasaban por la playa cuando éramos pequeños con un cartel que dijera VETE, MAMÁ. Pero ella se iba cuando quería. Como ahora.

Número 183.

—Buenos días. Querría cambiar este billete a Barcelona…

ÉL

—¿Le has llamado al móvil? —pregunté a Gloria.

—Cuatro veces, Pablo. También le he mandado un wasap y le he escrito un e-mail. Pero nada. El teléfono me dice que está apagado o fuera de cobertura.

—El jefe está que trina.

—Ya. Normal. Es que era la única entrevista que tenía hoy. Si no llega a ser por este Julián Iturbide, se habría quedado en casa —dijo Gloria—. Y encima con el día que hace, que no parece ni diciembre. Le acaban de jorobar una fantástica mañana de golf.

—Y Julián Iturbide acaba de quedarse sin un puesto de trabajo, me temo.

Volví a mirar su currículum. Tenía curiosidad por conocerlo. Había nacido el mismo día que yo. Del mismo año. En la misma ciudad. Quién sabe si habríamos coincidido en la misma sala de neonatos.

La semana anterior había ido al hospital a conocer a mi quinto sobrino. Cuando llegué, el bebé no estaba en el cuarto. Lo habían bajado a hacer no sé qué prueba. Antes de que pudiera llegar a ver a mi hermana Teresa, me encontré a mi madre en el pasillo. «¡Es igualito a ti!», me dijo emocionada. Yo recordé mis fotos de bebé y pensé que no era como para emocionarse tanto.

Esperamos un buen rato. Mi madre, mirándome sin dejar de sonreír, como si viera en mi cara la cara del bebé que fui. Mi hermana intentaba dormir.

—Mira, mira —me apremió mi madre, como si el bebé fuera a cambiar si no lo miraba en el próximo segundo—. ¿A que es igual que tú?

—Mamá, solo le veo la nuca. Y yo tengo el pelo rizado.

—Tendrías que haberte visto a ti —dijo mi madre—. Todos los bebés nacen con los pelos tiesos.

—Todos los bebés se parecen.

El bebé giró un poco la cabeza.

—Este se parece a ti. Mira qué bonito. Y esa boquita. Y esa naricita.

Vi su perfil. Tenía la nariz pequeña, como todos los bebés, como yo, como aquel candidato que no apareció ese día, Julián Iturbide, en la foto del currículum.

—¿No le das la bienvenida a la familia? —me preguntó mi madre. No sé qué discurso protocolario esperaba. Yo solo susurré:

—Hola, bebé.

ELLA

Volvía cansada, muy cansada. Me dolían los ojos. Ese fluorescente me estaba matando. Y la pantalla del ordenador. Un cliente se había enfadado porque no le podía cambiar el billete. Otra señora vino llorando porque se había equivocado de fecha al comprarlo y no tenía dinero para comprar otro.

Dinero. La mierda del dinero. Siempre. Detrás de cada mala cara, de cada miseria. La fuente misma de la miseria.

Tenía que sacar dinero. Lo haría sin preguntar el saldo. «¿Quiere conocer su saldo actual?». No, gracias.

Tampoco quería ir al centro sin un euro y, al día siguiente, tenía la entrevista.

Pero estaba Faustino dentro.

Faustino no sé si se llama Faustino, pero yo lo llamo así. Hace tiempo que duerme en el cajero de al lado de casa. Hace tiempo también que lo incorporé a mi historia, la que conté en terapia. Desde entonces, me da apuro sacar dinero si está él. Me siento culpable de haberlo utilizado.

Fue desde aquella vez en que yo estaba sacando cuarenta euros y él, que dormía, se giró. Dormía sobre unos cartones enormes. Parecían los restos de la caja de un árbol de Navidad.

Y entonces, en ese momento, me lo imaginé. Me imaginé un nombre sobre aquellos cartones.

Mi nombre.

«Victoria Grande Lagunas».

Me imaginaba muchas cosas entonces.

También me imaginé —me lo imaginaba en todas partes— el nombre del remitente: «Rodrigo Manzano Paricio».

Sí, ya me imaginaba que Rodri me había mandado un árbol de Navidad para decirme que era conmigo con quien quería celebrarla, que me había perdonado, que sabía que ya estaba bien, o casi bien, y que estaba yendo a terapia, que no me perdía ni una cita, y que solo me faltaba un poquito de cariño para terminar de curarme, y que después de estos meses de silencio y reflexión, se había dado cuenta de que no quería tener más familia que yo, porque tu hogar está donde tienes los cargadores y tu familia es con quien pasas la Navidad, y él me mandaba un árbol de Navidad porque quería pasarla conmigo, solo conmigo. Ni con La Esposa, ni con El Niño. Solo con...

Pero no, eso era imposible. Así no iba a curarme nunca. No podía seguir fantaseando así con Rodri, reavivando esa agonía obsesiva con el fuelle de mi imaginación.

¿Cómo decían en terapia? Tenía que detener ese tren de pensamiento.

Genial. Como si fuera fácil. Un tren no frena como un perro. Lleva su tiempo detenerlo.

El tren seguía en marcha, pero había algo que podía hacer: tomar un desvío.

Cambio de agujas. Tal como me imaginé una cosa, me imaginé la otra. No, esa caja no contenía un árbol de Navidad que me mandaba Rodri. Dentro de aquella caja podría haber llegado mi verdadera salvación. Sí, solo me faltaba un poquito de cariño para terminar de curarme. Pero otro cariño.

Y así lo conté en una de aquellas sesiones de grupo, cuando nos pidieron un cuento. «Victoria, victoria, se acabó esta historia». «Cuento verdadero, cuento inventado, cuenta el tuyo que el mío se ha acabado».

El cuento fue un éxito. De alguna manera, les servía a todas. «Todo esto fue cierto y pudo no haber sucedido».

Qué orgullosa me sentí de aquella historia.

Pero, desde entonces, me siento mal cuando veo a Faustino, como si él fuera el único capaz de probar que todo es mentira. Por eso me dio apuro ponerme a sacar dinero delante de él. Preferí sacar el bocadillo.

Se me había olvidado en el bolso y, total, seguro que mi madre me esperaba con la mesa puesta, la cena lista y un montón de dolores y chascarrillos que contar.

—Es de queso y anchoas —le dije. Estaba en deuda con él—. Lleva tomate. Me lo ha traído mi madre hoy al trabajo. Se me había olvidado. Pero aún estará bueno. Mi madre hace unos bocadillos riquísimos. Lleva una servilleta para no mancharse.

Cuando llegué a casa, no le dije nada a mi madre de la entrevista. No quería que me pusiera aún más nerviosa.

Aquella noche me tomé un diazepam.

ÉL

—¿Cómo se llamaba la próxima candidata?

—Victoria Grande Lagunas.

—¿«Victoria» de nombre? ¿«Grande» de apellido?

Yo asentí mientras miraba la foto del currículum. Lo más habitual es que la gente ponga una foto con cara entre seria y afable, pero aquella chica tenía una expresión indescifrable. No se sabía si sonreía o no. Como dicen de la expresión de la Mona Lisa, aunque para mí la Mona Lisa sonríe, claramente. Victoria Grande Lagunas, no. La suya sí que era una incógnita.

—Desde luego —dijo el jefe—, hay padres que apuestan fuerte desde la incubadora.

—Desde el Registro Civil —precisé yo.

Javier me miró con condescendencia y me afeó lo dicho:

—No me seas repipi, Pablito. No me seas repipi. —Y siguió murmurando—: Victoria Grande... Tela.

Cómo es un candidato puedes intentar adivinarlo antes de verle aparecer. Hay cosas que te imaginas solo por su currículum. Pero hay otras que solo se saben en el cuerpo a cuerpo: la velocidad a la que hablan es una de ellas. Hay gente que, cuando se pone nerviosa, tartamudea. A algunos les cuesta hablar. A otros, cuando se ponen nerviosos, y a nuestro despacho siempre llegan algo nerviosos, les da por hablar. Se les nota que no son tan parlanchines por naturaleza porque hablan un poco más deprisa de lo normal y cuando se dan cuenta —siempre, tarde o temprano, acaban dándose cuenta— hacen un esfuerzo extra por ralentizar el discurso.

Juraría que la candidata de ese día era de estas últimas.

Optaba a un puesto en el departamento de comunicación de una empresa farmacéutica.

Me distraje un momento de la conversación mirando sus pendientes, que colgaban y eran de color verde. Ella gesticulaba mientras hablaba y los pendientes se balanceaban de forma hipnótica.

Cuando volví a escuchar, pensé que me había perdido algo, algo muy importante, porque había pasado de comentar su pasión por la comunicación a:

—Mi madre llegó en una alfombra.

Juro que dijo eso.

—No como Aladino. No volando sobre ella —aclaró, como si fuera necesario, como si en ese momento el jefe y yo estuviéramos imaginándonos a su madre surcando un cielo estrellado sentada sobre una alfombra, como si en vez de estar en una entrevista de trabajo, ella estuviera contando cuentos para salvar la vida, como Sherezade. Pero, de repente, bajó la voz. Parecía arrepentida de haber hablado de aquello e intentó cerrar el asunto diciendo—: Al revés.

Se notaba que quería cambiar de tema.

Ay, pobre. No sabía que el jefe tiene un detector infalible para eso. Dime qué es de lo que no quieres hablar y te diré sobre qué te preguntará.

Y efectivamente:

—Cuéntame más —le pidió, y se reclinó en su asiento a escuchar con la misma expresión que pone cuando fuma.

—Llamaron a la puerta —dijo ella, mirando hacia la ventana—. Había una caja, una caja grande, del tamaño de un árbol de Navidad. Al abrir la caja, apareció una alfombra.

—Entonces... —la invitó a continuar el jefe.

—Entonces, al desenrollar la alfombra, salió mi madre rodando, haciendo la croqueta.

«Haciendo la croqueta».

Yo miré a Victoria Grande y luego al jefe.

No podía creerme una fumada semejante. Hasta ese momento, la candidata no había dicho nada que pareciera dar a entender que no estaba en su sano juicio o que había consumido yo qué sé qué.

Pero el jefe escuchaba más complacido que estupefacto.

Quizá no estaba oyendo bien. Quizá también se había dejado hipnotizar por aquellos pendientes verdes y esa voz de Sherezade.

—Así que sí —afirmó la candidata volviendo al tono de antes—. En respuesta a su pregunta, podría decirse que no vivo sola. Vivo con mi madre.

—... que llegó en una alfombra —resumió el jefe.

Yo lo miré otra vez. Pero ¿de qué iba todo eso? No tenía ni pies ni cabeza. Ni la explicación aquella ni la reacción del jefe, que mantenía exactamente la misma cara que había puesto al oír decir a aquella mujer: «Empecé estudiando ruso en Duolingo».

—Curioso —afirmó—. Y... ¿por qué quiere cambiar de trabajo?

—Prefiero viajar que expender billetes.

Lo dijo con la tristeza de quien veía pasar la vida desde un andén. Daban ganas de abrazarla.

—¿Quiere hacer alguna pregunta? —fue mi única aportación a aquella entrevista.

Ella negó con la cabeza. Los pendientes se volvieron a agitar.

Cuando se fue, quedó en el despacho un vacío como navideño.

El jefe se quedó un rato en silencio.

Al final, me susurró:

—¿Qué, Pablito? ¿Qué te parece?

—¿Que qué me parece? ¿¡Y eso de la alfombra!? —exclamé yo con los ojos como platos.

El jefe salió al balconcillo a fumar. Todo un detalle.

—Curioso... —dijo.

—¿Curioso? ¿Eso es todo? —Yo no salía de mi asombro—. ¡¿No te parece más que curioso?!

El jefe siguió fumando en silencio, cosa rara en él, porque su deporte favorito es rajar sobre los candidatos en cuanto ponen un pie fuera del despacho.

—¿Qué haces este viernes, Pablito? —me preguntó mientras aplastaba el cigarro contra la balaustrada del balcón.

—Aún no lo sé. ¿Por?

—Ven a cenar a mi casa —propuso el jefe—. Mi mujer quiere comprobar que no eres una mujer.

Por primera vez me pregunté quién habría estado en mi puesto anteriormente y qué sería ahora de él o de ella. Apostaría por lo segundo.

—Trae flores —añadió el jefe—. Por mí, te puedes coger libre el resto del día.

—¿No hay más entrevistas hoy?

—No —dijo el jefe poniéndose el abrigo—. Yo me largo. Aprovecha el tiempo. Apuesto a que aún no le has comprado el regalo de Navidad a tu madre.

Y antes de que pudiera responder, desapareció por la puerta.

Pero diez segundos después reapareció y me encontró con la misma cara de pasmo.

—Solo una sugerencia, Pablito. En tu caso, no hace falta que le compres una alfombra.

ELLA

Mierdamierdamierda. Salí de aquella oficina elegante con mi traje elegante, el de las entrevistas de trabajo, y la certeza de no haber estado a la altura.

Mierdamierdamierda. No me iban a dar el trabajo.

Había sido la peor versión de mi madre. Había hablado por los codos, había dicho mal varias frases hechas, había soltado perlas que ni Coelho, refranes medio inventados, había quedado como la neurótica en la que me estaba convirtiendo. Me extrañaba no haberles hablado de mi acidez de estómago. Les había hablado tanto que probablemente no habían escuchado la mitad de lo que había dicho, y casi mejor. ¿Cómo podía haber caído en ese error? Yo, que me había vacunado contra la palabrería encuentro a encuentro, viendo la cara de «que se calle ya esta mujer» que ponían las personas a las que mi madre les endosaba su vida y parte de la del vecindario, viendo esa cara que solo ella no veía. No, nunca leía ese hartazgo en sus interlocutores que para mí era cristalino. En el libro ese de Milena Busquets alguien decía que una de las cosas más duras de hacerse viejo era darse cuenta de que lo que explicas ya no le interesa a nadie. Mi madre no iba a pasar por ese trance. Quizá ni a su madre le interesaron sus historias cuando era niña. Quizá era una niña a la que nunca escucharon, la pequeña de ocho hermanos, intentando hacerse oír.

Pero a mí los de la entrevista, aunque a ratos desconectaran, que seguro que desconectaron, me habían oído. Lo de la alfombra sí lo habían oído. Como para no oírlo. Por Dios, lo de la alfombra. Es que no quería ni pensarlo, pero no podía pensar en otra cosa. Cómo había sido capaz. Es que, claro, también era una entrevista, como las de terapia, solo que ahí estaban únicamente dos personas, no un grupo entero. Y después de haber visto a Faustino el día anterior... Y a saber si alguno de ellos era psicólogo, aunque no. Más bien parecían dos dobles grados con máster en universidad privada, de esos que ocupan un cargo en inglés. No sé qué mánager, o no sé qué CEO, o no sé qué *dairector.* Bueno, mánager sería el mayor, porque el más joven... No sé cómo se dice «mindundi» en inglés. Pero, en cualquier caso, no era culpa de ellos. Me había enterrado yo solita. En un mausoleo de lujo.

Salí tan enfadada conmigo misma, con tantas ganas de huir de mí, que no tuve la paciencia de esperar al ascensor. Giré hacia las escaleras y bajé corriendo por aquellos lujosos peldaños de mármol. Me imaginaba que mis tacones eran cinceles y que iba dejando un rastro puntillista de ira. El eco de los tacones resonó desde el segundo hasta el bajo. El último tramo de escaleras, el que iba desde el ascensor hasta la puerta de la calle, estaba alfombrado, a prueba de candidatos iracundos.

Me metí en la primera calle a la derecha, en la primera cafetería que encontré, me senté en la barra, esperé a que el camarero me mirara.

Se tomó su tiempo en poner su mirada a tiro de la mía. Ya estaba pensando en irme cuando me preguntó:

—¿Qué quiere la señora?

«Señora». Vale.

Le pedí un cortado y una porra.

—Y una porra —dije con énfasis.

—¿El cortado, con leche caliente o del tiempo?

—Caliente —contesté.

«El café calienta el alma», oí decir a mi madre en mi cabeza. No sabía cómo sacarla de ahí. Tampoco sabía cómo sacarla de casa.

—¿Semidesnatada? ¿De soja?

—Normal —dije agotada. El camarero asintió.

—¿Azúcar? ¿Sacarina? ¿Stevia?

—Azúcar.

—¿Blanco? ¿Moreno?

En ese momento, se sentó en el taburete de al lado un nuevo cliente.

—Buenos días. Un cortado sin preguntas, por favor. Y una porra.

Me volví.

Mi oído no se equivocaba. Mierdamierdamierda.

Repeinado como un torero, con su perfecta barbita, El Niño del Máster, el que había estado en la entrevista junto a aquel hombre que preguntaba con una media sonrisa, el panoli que sonreía con una sonrisa entera, el que había preguntado —era lo único que había preguntado— «¿Quiere hacer alguna pregunta?», estaba junto a mí.

Tenía ganas de llorar, pero le sonreí.

—Señorita —dijo el camarero. Ahora era «señorita»—, ¿blanco o moreno?

ÉL

Entré mirando la zona de dulce. Quería ver si aún les quedaban porras. No me di cuenta de que era ella hasta que ya estaba sentado a su lado.

Acababa de pedir café y noté que la persona a mi lado se volvía hacia mí. Era la candidata cuya madre llegó en una alfombra.

Carlos estaba haciéndole la enésima pregunta. Creo recordar que ella eligió azúcar moreno.

Me alegré mucho de verla ahí. Dudo que ella pudiera decir lo mismo. Se la veía un poco tensa.

—¡Hola! —le dije.

—¿Conoces a la señorita? —preguntó el camarero—. Pues, entonces, a compartir la porra. Es la última que quedaba.

Ella se quedó paralizada con la porra en la mano.

—Si la quieres… —dijo con cierta timidez—. A mí no me importa. Aún no la he empezado.

—¡No, mujer! —exclamé—. ¡Solo faltaría!

Ella sonrió levemente y se llevó la porra a la boca. Llevaba los labios pintados de un color discreto, uno parecido al que usa mi madre.

Estuvimos unos segundos en silencio.

—¿Qué tal? —pregunté por fin.

—Dímelo tú. ¿Te puedo tutear?

—Sí, claro...

Y fue como si hubiera abierto la compuerta de una presa. Ella se echó a llorar y a hablar a un tiempo, sin dejar de sujetar la porra.

—Ha sido un desastre, ¿verdad? He dicho un montón de tonterías. Es que las mejores respuestas siempre se me ocurren un minuto después. El espíritu de la escalera. Soy lenta, pero eso no es malo para el puesto, ¿a que no? Al fin y al cabo, la mayor parte del trabajo consiste en redactar, ¿no? Y por escrito no se nota ese minuto de retardo...

Yo le ofrecí una servilleta de papel, pero las servilletas del Palo Alto son de las que no absorben mocos ni lágrimas. Están pensadas, si es que alguien pensó en ellas, exclusivamente para absorber el aceite de los churros y las porras.

—En realidad a mí no me ha parecido tan desastroso —dije yo. Pero creo que mis palabras ofrecían tanto consuelo como suavidad aquellas servilletas.

—¿Y lo de mi madre?

—Bueno, eso... —admití.

—Hacer ver que toda mi experiencia en el sector de la salud viene de una madre hipocondriaca...

Ah, eso.

—En realidad... —Casi me daba vergüenza decirlo, pero era la oportunidad de intentar comprender aquello. Por más que le daba vueltas, y llegué al Palo Alto dándole vueltas, no le encontraba ningún sentido—. En realidad, lo que más me ha chocado ha sido lo de la alfombra.

—Ah, eso. —Se quedó un rato en silencio—. Perdona. No sé cómo he acabado contando eso. Los nervios, supongo —dijo ella. Por un momento, dejó de llorar y dio un mordisco a la porra. Cuando volvió a hablar, parecía otra. Se le puso voz de locutora de radio, otra vez esa voz de Sherezade—. Al principio a mí también me chocó. El primer día estaba tan alucinada que no supe reaccionar.

—¿Y ahora no? —pregunté. No me cabía en la cabeza que pudiera asumirlo con tanta naturalidad, como si..., como si...

—Es como si abres el grifo y sale agua. A nosotros nos parece normal. Pero ve esto un hombre de la Edad Media y flipa, supongo. ¿No? Pues esto es parecido. Basta con vivirlo para que te parezca normal: abres un grifo y sale agua, aprietas un interruptor y se enciende la luz, desenrollas una alfombra y aparece rodando una madre.

Se me debía de transparentar el estupor en la cara porque ella volvió al tono inseguro del principio y dijo:

—Lo estoy estropeando aún más, ¿verdad?

—No, no. Sigue —la animé—. Estoy intentando comprenderlo. Me encantaría conocer la historia con detalle.

—¿Desde cuando salió rodando? —preguntó con una sonrisa extraña, como si estuviera deseando que le hiciera esa pregunta.

—Haciendo la croqueta —recordé sus palabras exactas. Como para olvidarlas. Nunca nadie había pronunciado una frase así en una entrevista de trabajo.

Ella cerró los ojos unos segundos.

—Por favor —supliqué, con el ansia de un niño que espera el cuento de antes de dormir.

—Está bien. Mi madre... —dijo como tomando impulso—. Mi madre salió rodando, haciendo la croqueta, y, cuando llegó hasta mis pantuflas, se levantó, se sacudió las pelusas de la ropa, se atusó el pelo y me dijo mirando una pelusa que aún llevaba en la mano: «Hija, ¿quieres que te pase el aspirador, que tú tienes mucho trabajo?», y desapareció taconeando en la cocina. Como si nada.

Al momento me imaginé a aquella señora con sus zapatos de tacón bajo y sus resueltos andares.

Me dio la sensación de que no era la primera vez que Victoria Grande contaba esta historia. Claro, cómo no contarla una y mil veces. Era como para ir al pódcast de La Ruina. En realidad, como para crear un pódcast entero sobre esa historia: un *true crime* sin víctima. En vez de dibujar la silueta de un muerto sobre una alfombra, de ahí sale una madre.

—Mi madre intentó colocar la alfombra, que resulta que era más grande que el salón. Un extremo quedó doblado sobre el rodapié. Le dio exactamente igual. Para ella no hay nada que esté mal, que no encaje, que no sea como tenga que ser. Todo es cuestión de voluntad. Voluntad de encajar.

Ella, sin embargo, Victoria Grande, no parecía tener ninguna necesidad de encajar. Nunca había visto a nadie hablar así en una entrevista. Envidié esa libertad suya, o locura, o lo que fuera.

—Se quedó tan ancha y dijo: «Mejor ponernos alfombras a nuestro paso, que la vida ya nos pone guijarros», que es una frase muy de mi madre. Y aún siguió diciendo: «Lo importante es encontrar hueco a las cosas. Con ganas, todo cabe. No hay casas pequeñas, hay corazones mezquinos».

Era como estar viendo una película. Lo contaba con una viveza que era imposible no imaginarse todo: el salón, la alfombra, la madre... «Excelentes dotes de comunicación», apunté mentalmente para comentárselo al jefe.

—Si alguna vez necesitáis a alguien que invente frases para tazas de Mr. Wonderful, no hace falta que busquéis más.

—Lo tendré en cuenta —dije.

Se hizo un pequeño silencio. La porra debía de estar ya congelada.

—En fin —concluyó—, es solo una historia.

—Una historia muy rara —no pude evitar juzgar.

—Cada historia tiene su lógica, ¿no? Para construirla, basta con fijarse en lo que te rodea: una alfombra, una caja, un hombre en un cajero...

Entonces le cambió la cara. Por un instante se quedó muda y luego se puso a buscar algo en el bolso. Por un momento, temí que fuera a sacar a su madre de allí.

ELLA

Los detalles. Estaba intentando tapar el error de haber contado aquello a base de detalles. Y cada vez era peor. Además, me acababa de dar cuenta de otra cosa: no llevaba dinero. El día anterior había ido a sacar dinero del cajero y había acabado sacando del bolso un bocadillo de queso y anchoas para Faustino.

Me puse a rebuscar en el bolso con nulas esperanzas de encontrar algo. Normalmente mis bolsos poseen varias capas arqueológicas compuestas por pañuelos de papel no siempre sin usar, bolígrafos no siempre sin tinta, barras de cacao no siempre acabadas, monedas y folletos de publicidad con ofertas que casi siempre ya no están en vigor. Pero este bolso era el bolso de las entrevistas y solo lo había llevado tres veces: para una fiesta, para otra entrevista y para acompañar a mi madre a un entierro.

En el bolso llevaba menos cosas de lo habitual: un paquete de pañuelos de papel (supongo que mi madre gastó alguno en el entierro), el móvil, un boli, una libreta, el abono de transporte y la cartera con la documentación y las tarjetas. Pero ni un billete, ni una triste moneda rodando como una pelusa de western metálica.

Así que ahí estaba, con una de las personas que me había entrevistado, sin un euro para pagar, hablándole de mi madre.

—Perdona, ¿qué decías de un hombre en un cajero? —me sacó de mi búsqueda del tesoro.

—Oh, sí. Bueno, nada.

—No, no —insistió el chico. Pablo, me parece que había dicho que se llamaba cuando salió a recibirme, porque fue él quien salió a recibirme. El jefe (se notaba que el otro era el jefe) me esperaba en el despacho—. Me interesa mucho. Sigue.

—Pues... —De perdidos al arroyo, que diría mi madre—. Tiene que ver con aquello de la alfombra. La alfombra llegó en una caja. Mi madre la bajó a la basura, y de allí debió de cogerla aquel hombre, el del cajero, para dormir sobre ella, o dentro. Era una buena caja. Larga, gruesa. En fin, cabía mi madre. Pedí al hombre que me dejara examinar la caja, pero no encontré ninguna pista. Solo mi nombre y mi dirección.

—¿Y había remite? —preguntó él con todo interés.

Mira, ya era imposible que me dieran aquel trabajo, así que al menos iba a divertirme.

—En el remite ponía...

Miré alrededor. En un rincón de la cafetería, en lo alto, había una televisión encendida, sin sonido. Solo yo podía verlo desde mi posición en la barra. En el programa matinal, un subtítulo anunciaba: DETENIDO POR FALSO AVISO DE BOMBA.

—Bomba —dije.

Hice un silencio, en parte por darle dramatismo, en parte porque no sabía cómo seguir la historia. ¿Cómo continuar después de aquello?

—Perdóname —me rendí. No podía seguir—. Dejemos esto, por favor —supliqué—. Es solo una historia —repetí—. Cuando me pongo nerviosa, no paro de hablar. Parezco mi madre.

Él me sonrió, como si conociera a mi madre, o como si estuviera hablando de la suya. Supongo que todas las madres se parecen, incluso las malas a las buenas, igual que todos los bebés se parecen. Igual por eso todos los bebés se parecen, porque los bebés se parecen a sus madres, y las madres se parecen entre sí. No tienes más que ir a una clase de gimnasia preparto. Recuerdo cuando andaba sin trabajo y me tomaba un café con Ana a la salida de sus clases, cerca del ambulatorio. Todas las embarazadas tenían los mismos ojos, las mismas caras alucinadas de luna, los mismos andares. O eso me parecía a mí.

La madre de ese Pablo también habría tenido esos andares de pato antes de dar a luz a ese extraño y formal ser que ahora me sonreía.

—Hagamos una cosa.

Por un momento, pensé que me había equivocado con él, porque desde el momento en que lo vi, tan formalito, tan impoluto, había pensado que era un panoli, un niño de mamá, un perfecto ejemplo de pijo con su máster y su inglés perfecto incapaz de hacer nada fuera de un guion bien pensado y bienpensante. Pero cuando dijo: «Hagamos una cosa», yo pensé: «Este tío es un kamikaze».

ÉL

—Hagamos una cosa —le propuse. Me dio la sensación de que ella estaba pensando que a continuación le diría: «Vayamos al baño y follemos salvajemente», y no sé, porque aún no he alcanzado las dotes analíticas de mi jefe, si ella sintió alivio o decepción cuando le terminé de decir—: Reeditemos la entrevista.

El caso es que me miró arqueando las cejas como una antigua actriz de cine y preguntó:

—¿Cómo?

Que tampoco sé si era un «¿cómo?» de «¿qué me estás contando?» o de «¿cómo lo hacemos?».

—Yo te vuelvo a hacer la entrevista y tú me das tus contestaciones de un minuto después.

Ella sonrió por primera vez de oreja a oreja. Tenía una sonrisa bonita. Sonreía con los ojos también.

Se lo tomó como un juego. Me pareció que por fin se relajaba. Me habló de lo mucho que había deseado estudiar Periodismo, de las ganas que tenía de trabajar por fin en algo relacionado con su carrera. Entre ruidos de cafetera, cucharillas y platitos, sonaba mucho más de verdad que en la oficina. Me confesó que le daba igual trabajar para una empresa del sector sanitario, o para una bodega o para una empresa dedicada a la recogida del melocotón, que lo que ella quería era trabajar juntando palabras para comunicar cosas, que, en su puesto actual, en venta anticipada, solo comunicaba puntos geográficos distantes, y el resto de información que manejaba eran números: número de tren, fecha de salida, hora de llegada, número de andén... Tenía la habilidad de mezclar en su discurso palabras como «flipar» con pequeños alardes poéticos. Como una macedonia donde se juntan fresas salvajes con trozos de melocotón en almíbar de lata y algunos cereales crujientes. Me dijo que llevaba recogiendo letras desde pequeña, de las basuras, de los escaparates que quitaban..., mucho antes de que se pusieran de moda en los sitios cuquis de la ciudad, mucho antes de que las vendieran a 6,99 euros en la FNAC. Su letra favorita —¡tenía letra favorita!— era la «k». Le inspiraba compasión.

Era bonita, la «k», y nadie aquí le hacía caso. Aparecía en palabras feas. Yo no le dije que aparecía dos veces en la palabra «kamikaze». Se merecía una vida mejor la «k» en castellano, una lengua mejor, dijo ella. He conocido a muchas personas, mujeres sobre todo, que sienten compasión por los gatitos; ninguna que sintiera compasión por una letra.

Además de letras, coleccionaba castañas recogidas del suelo y etiquetas de naranjas. Le daba pena tirarlas. Llevaba una castaña en el bolsillo del abrigo. La había recogido hacía cuatro años en el Retiro. En otoño, claro.

No le pregunté otra vez si vivía sola.

Pero sí repetí aquella retorcida pregunta:

—¿Qué característica consideras que te define y al mismo tiempo no negarías su contraria?

Ella era de las que se había lanzado a contestar sin entender muy bien la pregunta. Pero su respuesta de un minuto después tenía —ahora sí— pleno sentido.

—Fortaleza. Soy muy fuerte. No en un sentido físico. No voy al gimnasio. Aunque tampoco estoy floja. Patino. Y nado. Soy resistente. Eso es. Puedo estar rompiéndome y no se nota

—me dijo mirándome fijamente a los ojos. Era la primera vez que me sentí mirado por ella.

—Y, sin embargo, eres frágil —terminé de decir yo. Entonces ella retiró la mirada y asintió.

ELLA

No sé por qué le dije lo de que patinaba y nadaba. Parecería que estaba intentando ligar con él.

Y no, nada de eso. Estaba muy agradecida, eso sí. Me había dado una segunda oportunidad. Dudaba mucho que sirviera de algo porque, o mucho me equivocaba o este Pablo no era más que un mandado del otro, del Javier aquel, pero me sentía extrañamente bien hablándole de mí. Hablando bien de mí.

Lo que pasa es que aquella pregunta me tocó. Aquella pregunta retorcida hecha a propósito para pillar o descolocar al entrevistado. Porque para esa pregunta, un minuto después, se me ocurrieron dos posibles respuestas, y las dos eran tan de verdad y me definían tanto que, si las decía, sería como acabar desnuda delante de aquel chico, en plena barra de una cafetería, con un cortado ya medio frío con leche semidesnatada del tiempo y azúcar moreno.

Por eso solo le dije lo de fuerte y frágil. Pero había una respuesta más, la que no me atreví a decir: «Soy buena». Soy buena, buena persona, buena gente, me siento bien haciendo cosas buenas, me sale solo, cargo las bolsas de los vecinos, cedo el asiento en el metro... Pero al mismo tiempo soy mala. No en plan «Cuando soy buena, soy buena; cuando soy mala, soy mucho mejor». No en plan divertido. En plan chungo. Porque eso es lo que me había enseñado de mí misma aquel incidente con la mujer de Rodri: que no hace falta ser un traficante chungo lleno de testosterona y anabolizantes y amante de la armería para sentirse bien haciendo mal. Basta con una buena base de injusticia bien macerada en rencor. Y abrir la espita. Pero ¿acaso era eso ser mala?

No me dio tiempo a pensar mucho más en esto porque Pablo me hizo otra pregunta, la última, la única que me había hecho él mismo en aquel despacho, solo que esta vez me la hizo de tú:

—¿Quieres hacer alguna pregunta?

Si hubiera podido darme la respuesta, tendría clara cuál sería la pregunta: «¿Dónde está mi padre?», pero qué iba a saber él, así que le pregunté:

—¿Servirá esto para algo?

Si hubiera tenido un minuto más para pensar la respuesta a esta pregunta, entonces mi respuesta-pregunta habría sido claramente otra.

Habría sido: «¿Me invitas?».

ÉL

«¿Servirá esto para algo?», me preguntó.

Me habría encantado contestarle: «Estás contratada». Pero yo no era más que un mandado.

—De momento, a mí me ha servido para conocerte mejor. Y a ti...

Ella sonrió.

—A mí me ha servido para decir más tonterías aún.

—Pero dijiste que las respuestas buenas se te ocurrían un minuto después.

—Claro, y ahora ya tengo mejores respuestas sobre las respuestas que te he dado. Pero no podemos seguir reeditando la entrevista eternamente.

Era graciosa.

Yo le habría dicho que sí, que reeditábamos la entrevista una vez más, pero le dije:

—Claro.

Eso tendría que haber sido una despedida. Ese tendría que haber sido el momento en que ella dijera a Carlos: «¿Me cobra, por favor?». Pero por alguna extraña razón, ella no dijo nada.

Se hizo un silencio.

—Así que en Atocha —dije yo.

—Sí, ya ves. El otro día vino mi madre a la taquilla a decirme: «Hija mía, tantos estudios para esto».

—Mi madre me dice que si no podía encontrar un trabajo mejor que dar trabajo, que por qué no me quedo con alguno de los puestos que ofrecemos.

—Madres —dijo ella.

Entonces me di cuenta de algo.

—Qué raro —no pude evitar decir en alto.

—¿El qué?

—El jefe siempre pregunta a las candidatas si tienen pareja y si piensan ser madres.

—Pero eso es ilegal.

—Lo sé. Pero él se las apaña para averiguarlo.

Ella no se sorprendió.

—Ya.

—Es raro que no la haya hecho. La hace siempre —repetí.

Creo que le estaba poniendo en bandeja el «¿Me cobra, por favor?». Pero no lo dijo. Tampoco contestó a la pregunta no preguntada. Era lista.

En vez de eso, volvió a buscar algo en el bolso. Lo hacía con cuidado, como si no quisiera que viera lo que llevaba dentro.

Yo no tenía nada que hacer el resto de la mañana.

—¿Hoy libras?

—Qué va —dijo ella—. Entro a las cuatro.

Estaba sentada en la punta del taburete con las piernas cruzadas. Meneaba el pie derecho con nerviosismo. Era como si tuviera prisa, pero algo le impidiera levantarse.

Bueno, su madre había aparecido enrollada en una alfombra. Igual ella se había quedado pegada al taburete para toda la vida.

De repente, me pareció una perspectiva feliz. Ir cada mañana a desayunar al Palo Alto para pedirle a Carlos un cortado sin preguntas y encontrarme a Victoria Grande Lagunas, pegada al taburete de por vida, buscando en su bolso algo que nunca llegaba a aparecer.

Quizá esta vez no había logrado hacer bien mi trabajo. Quizá esta vez no había salido indemne.

ELLA

PAGO MÍNIMO CON TARJETA: 8 €, decía el cartel.

Me estaba poniendo de los nervios. Era una situación tan ridícula... De haber tenido tres puñeteros euros, habría podido pagar e irme, o al menos dejar de preocuparme por cómo coño iba a hacer para pagar. Y también si no hubiera estado él ahí delante, habría explicado al camarero la situación y le habría dicho que pasaría en otro momento a pagar. Pero ¿cómo iba a hacerlo con él delante? ¿En qué lugar me dejaba aquello? ¿En el de una persona tan despistada que no era capaz de sacar dinero antes de entrar en una cafetería para afrontar ese absurdo pago, o, peor, en el de alguien dispuesto a irse sin pagar? Tendría que acabar diciéndoselo. Ya le había contado toda aquella historia del hombre del cajero y solo me quedaba rematar con «Y por eso no pude sacar dinero». Pero antes iba a quemar el último cartucho.

Iría al baño.

Era otra idea absurda, sí, pero era la única que se me ocurría. Quién sabe. Quizá en el baño encontraría una maldita moneda de dos euros, o si coincidía allí con otra mujer, podría pedírsela. Llevaba mi traje de las entrevistas. La gente pone menos reparos a la hora de dar dinero a gente trajeada. Pero en el baño no había nadie más. Había dos cubículos y los dos estaban libres.

Me miré en el espejo. Mi madre me había dicho que llevaba demasiada sombra de ojos. Yo no le había dicho que iba a una entrevista de trabajo. Le había dicho que había quedado con Ana. No quería que me agobiara.

No, no llevaba demasiada sombra de ojos. O al menos ya no. Solo me quedaba un poco de rímel. Como siempre, mis párpados habían devorado la sombra de ojos; mis labios, el pintalabios; mis pómulos, el colorete. Tengo la hipodermis llena de productos cosméticos. No parecía una mujer demasiado maquillada. Parecía una mujer recién salida de una entrevista de trabajo que no había ido demasiado bien. Parecía una mujer perdida en medio del océano, ansiosa por agarrarse a una tabla de salvación que podía llamarse trabajo, una tabla con la que luego quizá podría arrear a su madre. Parecía una mujer normal, vaya, una mujer que devoraba sombras de ojos, pintalabios y colorete, como si fueran cosas demasiado sofisticadas para adornar a alguien tan normal, alguien tan poco dado al artificio.

Miré al suelo.

Vi un trozo de papel para secarse las manos y un par de salpicaduras de agua.

No vi ni una moneda.

Me encerré en uno de los cubículos. Colgué el bolso en la percha. Me subí la falda, me bajé las medias, las bragas, que eran las malditas bragas de la suerte, unas bragas de nylon que pretendía ser seda, con estampado de flores, unas bragas compradas en el Accesorize que había en Atocha, mucho antes de que yo trabajara ahí, unas bragas de las que aún colgaba la etiqueta: KEEP AWAY FROM FIRE, y que siempre que me las ponía me hacían pensar en hogueras de San Juan y gente saltando y bragas inflamables ardiendo y bomberos acudiendo raudos y veloces, y que quizá por eso se habían convertido en mis bragas de la suerte. E hice pis.

Me limpié, me subí las bragas KEEP AWAY FROM FIRE, me subí las medias, me bajé la falda, cogí el bolso y fui a salir.

Y fui a salir. Y fui a salir. Y fui a salir.
Pero no.
Era imposible.
No había manera de abrir aquella puerta.

ÉL

Pasaba el tiempo y ella no aparecía. Era imposible que hubiera salido y que no me hubiera dado cuenta. Cualquier otro día, en un momento similar, habría cogido alguno de los periódicos que alfombran la barra. Pero ese día no.

Hacía unos minutos, cuando ya estaba empezando a asumir que Victoria Grande Lagunas se había quedado pegada de por vida a uno de los taburetes fijos del Palo Alto, ella se había levantado. No me habría sorprendido más si hubiera visto levitar la taza de café.

Había murmurado algo y había ido en dirección al baño. Yo me había girado en mi taburete y la había visto entrar por aquella puerta al fondo a la derecha. No había apartado la vista de ahí.

En todo aquel tiempo, no entró ni salió ni una sola persona del baño de mujeres.

Más de quince minutos dan mucho tiempo para pensar, y yo, a partir del minuto cinco, había pensado…

1. … que la candidata se encontraba indispuesta;
2. … que de tan indispuesta que se encontraba se había muerto;
3. … que alguien que ya estaba en el cuarto de baño de mujeres la había secuestrado; y

4. … que su madre había aparecido por el conducto del aire del cuarto de baño y se la había llevado a casa por el mismo lugar por donde había venido.

—¿Qué haces, Pablito? —me sacó de mis elucubraciones una voz.

Me giré solo un poco, lo justo para asegurarme de quién tenía a mi espalda. No quería perder de vista la puerta.

Era Gloria, la secretaria.

—Nada —dije automáticamente, aunque lo cierto es que aquella palabra describía con bastante exactitud la realidad: no estaba tomando café, no estaba leyendo el periódico, no estaba mirando el teléfono, no estaba haciendo nada.

Pero, entonces, se me ocurrió. ¡Claro!

—¡Gloria! ¡Tú eres chica!

—Gracias, Pablo —dijo Gloria—. Pero ¿de verdad acabas de descubrirlo ahora?

—No, no, perdona —contesté emocionado—. Es que… ¿Te acuerdas de la última candidata?

—¿Victoria Grande Lagunas?

La miré sorprendido. No esperaba que recordara su nombre y menos aún su nombre y dos apellidos.

—Sí, esa misma.

—Guapa, ¿eh? —dijo Gloria guiñándome un ojo como lo habría hecho el jefe. No sé si lo imitaba o si todo lo malo se pega.

Yo no estaba para tonterías. Quién sabe si ahora mismo Victoria Grande Lagunas estaría desangrándose en el cuarto de baño, víctima de una caída tonta, o secuestrada, o atascada junto a su madre en el conducto del aire.

—Tienes que ir a ver si está bien —solté con cierta urgencia en la voz.

—¿Dónde? ¿A su casa? Pablo, ¿estás bien?

—Yo sí. Pero ella…

El camarero terció en la conversación.

—Hace casi media hora que ha ido al baño y aún no ha salido.

—¿Tú también te has dado cuenta, Carlos? —le pregunté.

—Los camareros nos damos cuenta de todo —me contestó.

—¿Y no habéis ido a mirar si se ha quedado encerrada, merluzos? —nos espetó Gloria.

—¿Al baño de chicas? —dijimos los dos a la vez.

Gloria nos miró a los dos meneando la cabeza.

—Anda que... —suspiró—. Sujeta.

Y me lanzó el bolso contra el regazo. Casi me tira del taburete.

ELLA

Intenté abrir con la tarjeta de transporte, forcejeando con el picaporte, dando una patada en la cerraja, respirando hondo y girando suavemente... Llamé al propio bar y nadie me cogió. Golpeé la puerta con la mano, grité «¡Socorro!», imaginando, sabiendo en realidad, que mi grito se perdería entre el espacio del lavabo, el pasillo, el sonido de las cucharillas, del televisor, de la cafetera, del camarero, de las conversaciones, del teléfono que nadie coge. «¡Socorro!».

«¡Abran la puerta!». Nada.

Abrí el wasap. Miré los últimos chats. Rodri ya quedaba muy abajo. Mi madre, mi hermano, Ana, el grupo de familia y mi padre, con esos chats unidireccionales, ocupaban los primeros puestos.

Escribí un wasap al grupo de Ana, Sandra y Raquel contándoles que estaba encerrada en un baño, sin un euro y con uno de los que acababa de entrevistarme esperándome en la barra de la cafetería.

—¿Y llevas mucho rato en el baño? A saber qué estará pensando que haces ahí —dijo Sandra.

Ay, madre. ¿Drogarme? Lo que me faltaba.

—¿Es guapo? ¿Este está casado? —preguntó Raquel. Y luego—: ¿Para qué necesitas un euro en el baño?

—¿¿Quieres comprar condones?? —preguntó Sandra.

—Bebé —escribió Ana.

Desde que Ana tuvo al niño, hacía ya tres meses, «bebé» era la palabra que escribía el ochenta por ciento de las veces y venía a sustituir a la frase: «Ahora no puedo hacerte ni puñetero caso porque estoy durmiendo / cambiando pañales / amamantando / sacando gases / paseando / largo etc. al bebé».

—Me ha preguntado si tengo pareja y si pienso ser madre —les dije.

—Eso es ilegal —respondieron casi a la vez Sandra y Raquel.

No era exactamente cierto. Lo que me había dicho es que era raro que su jefe no me lo hubiera preguntado. ¿Sería porque las respuestas le parecían evidentes? Sería curioso porque no las sabía ni yo.

No podría encontrar una buena respuesta ni un minuto, ni una hora, ni un día, ni una semana después. Puede que tardara meses, años en contestar. Seguramente para cuando fuera capaz de contestar, ya no sería capaz de procrear. Y entonces puede que mi respuesta fuera una buena respuesta para ellos, para quienes buscan a alguien que tenga su trabajo como prioridad.

Ese era un momento tan malo como cualquier otro para empezar a ganar tiempo. Cerré la tapa del váter, la limpié con papel higiénico, tiré el papel a la papelera que había en un lateral y me puse a pensar: «¿Tengo pareja? ¿Quiero ser madre?».

La primera pregunta era más fácil de contestar: no.

Por suerte, Toni y yo ya no éramos pareja ni lo volveríamos a ser jamás, por más que mi madre lo nombrara.

Blake y yo ya no estábamos juntos, si alguna vez lo estuvimos, y no solo porque viviera a miles de kilómetros de mí. La distancia que nos separaba era mucho más que geográfica.

Tampoco era pareja de Iker. Por mucho que Iker se esforzara, lo que más me gustaba de él era la «k» de su nombre. Y tampoco era pareja, aunque esto sí lo habría deseado, de Kike. Es un azar desmesurado que coincida que tú le gustes a la misma persona que te guste a ti. Y viceversa.

Y lo de Rodri... Otro azar que no se dio: la hiperbólica carambola de que cuando le gustes a alguien, y ese alguien te guste a ti, los dos estéis felizmente disponibles. Rodri no podía ser mi pareja porque Rodri ya tenía una pareja, con anillo, bebé y firma conjunta de hipoteca. Lo único que Rodri y yo habíamos firmado era un acuerdo privado que a mí me salvaba de no sé qué pena por agresión y a él le salvaba el matrimonio. Normal que ya no quisiera saber más de mí.

La segunda pregunta, si quería ser madre, tenía una respuesta fluctuante. En ese momento, sentada sobre la tapa de aquel váter, sin poder abrir una maldita puerta, me sentí incapaz de cuidar de alguien. Ni siquiera era capaz de cuidar de mí misma.

Me sentí tan miserable, tan pobre, tan indefensa, tan ridícula que me eché a llorar. Comencé flojito. Pero entonces me acordé de que, si me diera por llorar en casa, también tendría que hacerlo encerrada en el baño y tendría que hacerlo necesariamente flojito si no quería que me oyera mi madre, y eso me hizo llorar más fuerte, porque no tener un lugar donde llorar al volumen que uno necesita es lo más parecido a no tener casa, y además, total, ¿quién me iba a oír, si nadie había oído mis gritos de «¡Socorro!» y «¡Abran la puerta!»?

Pero unos minutos después, los oyó ella. Y abrió la puerta. Y me dijo:

—¿Estás bien, Victoria?

Y cuando me repuse de la sorpresa de ver que era la misma mujer que también me había abierto aquella otra puerta, la de la oficina donde acababa de hacer la entrevista, le dije que sí con la cabeza. Entonces ella me advirtió con aire maternal:

—Se te ha corrido el rímel, cariño.

Era difícil caer más bajo de donde estaba: rescatada de la taza de un váter con el rímel corrido. Pero yo lo hice. Aquella mañana había ido maquillada, con mi pintalabios, mi colorete, mi sombra, mi rímel, mis bragas de la suerte, mi traje y mi sonrisa de las entrevistas a lo alto de un lujoso despacho, y ahora, unos minutos después, me encontraba a unos pocos peldaños de la humillación total. Los recorrí con cuatro palabras:

—¿Podrías dejarme tres euros?

ÉL

Vi desaparecer a Gloria por la puerta del baño de chicas y me quedé mirando hacia allí. Era lo mismo que había hecho toda mi vida. Tenía tres hermanas. Mi padre apenas paraba en casa. Vivía en un gineceo, siempre suplicando que dejaran libre el baño, ese baño que era, incontestablemente, un baño de chicas porque para cuando yo metí una cuchilla y una crema de afeitar, aquello ya estaba colonizado por esmaltes de uñas, bases de maquillaje, diademas, horquillas, espumas para pelo rizado, planchas para el pelo, cremas hidratantes, exfoliantes, mascarillas, quitaesmaltes y tónicos desmaquillantes. En medio de tanto material para ese trajín de quitar y ponerse atributos, mis humildes herramientas para quitar pelos aparecían, día sí, día no, enterradas bajo los productos de mis hermanas. Al final opté por usar el aseo y dejarme barba. Y la barba me fue creciendo mientras esperaba que mis hermanas abrieran la puerta del cuarto de baño.

Ahora en casa solo quedaba mi hermana Inés. Pero mi cuerpo parecía haber desarrollado esa querencia a la espera, y siempre que quería ir al baño, me encontraba con que Inés estaba dentro.

—Lo que tendrías que hacer es irte de casa —me decía Inés—. Yo, porque no puedo. Pero tú... Búscate un estudio de alquiler baratito. O compártelo con algún amigo.

Pero creo que no sabría qué hacer con un baño para mí solo.

—Pues sí que tardan —dijo Carlos, sacándome de lo profundo del pasillo de mi casa, que seguía siendo la casa de mis padres, sacándome de mis pensamientos.

También Carlos miraba hacia el baño de chicas. No sabía si Carlos tenía hermanas.

—¿Crees que debería ir a ver qué pasa? —pregunté.

Carlos meneó la cabeza.

—Deja, deja... Si pasara algo, ya habría salido tu jefa a pedir ayuda.

Tardé unos segundos en darme cuenta de que se refería a Gloria.

—¿Mi jefa? ¡No es mi jefa! Es verdad que mandar manda pero...

—Me da la impresión de que a ti es fácil mandarte, Pablito —dijo Carlos con retintín, y luego, sin tiempo a defenderme, si es que tenía sentido defenderme de semejante acusación, si es que eso era una acusación, me preguntó—: ¿Nunca has entrado en el baño de chicas?

—¿En un baño público? —le pregunté—. Hombre, sí, cuando era pequeño, con mi madre y mis hermanas. Recuerdo que siempre quería ir al de chicos pero no me dejaban.

—Eso no cuenta —dijo Carlos—. Me refiero de mayor.

—No.

Carlos me miró con condescendencia y abrió la boca para decir algo, pero en ese momento, desde el otro lado de la barra, se oyó un incauto «¡Un cortado, por favor!». Y Carlos comenzó con su retahíla de siempre: «¿Con leche caliente o del tiempo?», «¿Semidesnatada? ¿De soja?», «¿Azúcar? ¿Sacarina? ¿Stevia?»... El café con más preguntas de todo Madrid.

Noté que algo vibraba en el bolso de Gloria. Sería su móvil. ¿Quién la podría llamar? ¿Su marido? ¿Su madre? ¿Un amante? ¿«Ha ganado un iPhone»? ¿Orange? ¿Unicef? Apenas sabía nada de la vida de Gloria y el sonido de su móvil fue como un despertador que me alertó de que aquella mujer tenía una vida, toda una vida, de la que yo solo conocía lo que sucedía de nueve a seis, y lo de sus gatos.

Seguro que aquel bolso que acarreaba cada mañana contenía más de una pista sobre su otra vida. Pero un bolso ajeno era territorio sagrado. Al menos para mí. Nunca se me habría ocurrido fisgarlo. Al final iba a tener razón Carlos: era fácil de mangonear.

Seguro, porque nada más salir Gloria del baño, me dijo —imperativos a mí—:

—Pablito, pídeme un cortado como tú sabes.

Yo solo quería saber si Victoria, que asomaba tímidamente por detrás de Gloria, estaba bien.

ELLA

—¿Estás bien, Victoria? —preguntó él con delicadeza, alegría y susto. Parecía como si llevara setenta y dos días perdida en los Andes y él acabara de encontrarme al otro lado del río, como en *La sociedad de la nieve*. Pero qué era, comparada con un accidente aéreo, mi tragedia de quedarme encerrada en el baño y no tener para pagar un cortado. Todo lo que me pasaba eran miserias. No tenía ni la honra de un gran dolor.

—Vicky —le corregí.

—¿Con «k»? —dijo él sonriendo.

—Sí, la he adoptado —bromeé.

—Para que esté en una palabra bonita —terminó él la frase.

Me gustó que se acordara de lo que le acababa de contar. Era como si aquel dato no hubiera formado parte de ninguna estrategia, ni suya ni mía. Era algo que yo había contado porque sí, y que él había escuchado sin necesidad de archivar en una carpeta de candidata apta o no apta.

—¡Se había quedado encerrada! —explicó Gloria—. La puerta no se abría. Menos mal que he ido yo. Lo que no entiendo es a qué esperabas para ir a rescatarla, pedazo de alcornoque. Espero que no tardes lo mismo en pedir mi café.

—¡Ay, perdón! —se disculpó Pablo—. Carlos, ¿me pones un cortado sin preguntas, por favor?

Yo aproveché para decir:

—¿Y me cobras a mí cuando puedas?

En la mano daba vueltas a las tres monedas que me había dado Gloria como si fuera un amuleto, una castaña de esas que encuentro, porque las busco, bajo los castaños para metérmelas en los bolsillos.

—Tres cincuenta —dijo el camarero.

Cerré los ojos lentamente. ¿Tres cincuenta? ¿Tres cincuenta por un cortado normalucho y una porra?

—No, Carlos. Cóbrame a mí —se ofreció Pablo.

—Sí, hombre. Lo que faltaba —repliqué. Un farol tembloroso—. Resulta que vienes, me das la oportunidad de hacer otra vez la entrevista y aún pretendes invitar.

—Deja, deja —me animó Gloria—. Te lo debe. Acabas de perder media hora de tu vida por su culpa.

Me vi en la obligación de interceder por él.

—Bueno, en realidad, ha sido por culpa de una puerta que no se abría...

Pero Gloria ignoró mi comentario.

—A mí también me invitas, ¿verdad, Pablito?

El camarero puso el cortado delante de Gloria y soltó con guasa:

—Pablito invita a todos.

—No te pases, Carlitos —dijo él, y puso sobre la barra un billete de diez euros—. Cóbrame.

De repente, sentí una envidia terrible de aquella gente que tomaba café a diario en aquel lugar que pretendía atraparte en su baño, gente que trabajaba en un sitio bonito, en una oficina de techos altos, con puertas acristaladas de arriba abajo que daban a balcones con balaustrada, con parqués sobre los que repiqueteaban los tacones, con molduras en los radiadores de hierro y en las cornisas, pero molduras de verdad, no como las molduras de Leroy Merlin que le hizo poner mi madre a mi padre en casa, creyendo que entre Versalles y Vallecas solo había tres letras de diferencia que bien podrían sustituirse por cuatro molduras. Yo quería trabajar en una oficina delicadamente iluminada, con muebles ligeros y modernos que no se tambaleaban cuando te apoyabas en ellos, muebles que no tenían setenta años y cero glamour o muebles montados siguiendo las instrucciones en un folio de papel reciclado lleno de dibujitos sin una sola palabra.

Pero yo tenía que irme corriendo a Atocha, que no es que fuera el peor lugar del mundo, que era solamente un sitio imposible, un jardín tropical contenido en una antigua estructura de hierro y cristal, una especie de lujosa jaula botánica de la que yo habitaba un miserable comedero lateral: las casillas ultramodernas desde donde expendíamos billetes. Los mismos billetes se podían comprar en internet o en las máquinas, así que nosotros éramos como una especie de dinosaurios, un servicio casi vintage que se justificaba por el sentimentalismo de cuatro ancianos y las demandas enrevesadas de viajeros cabreados. Y ahí tenía que estar dentro de una hora.

—Tengo que irme —dije.

Y sentí como si la vida fuera a continuar en aquella cafetería y yo estuviera a punto de salirme de la vida.

ÉL

En el despacho nos habíamos dado la mano a modo de despedida. En la cafetería yo me levanté del taburete y no sabía si darle dos besos, pero en ese momento llegó Carlos con las vueltas y me obligó a girarme y para cuando me volví otra vez, ella ya estaba con el abrigo puesto y levantando la mano para despedirse.

—Ha sido un placer, Vicky —le dije.

—Muchas gracias, Pablo. Por todo.

—¡Te llamaremos! —exclamó Gloria—. Espero.

Vicky sonrió y salió por la puerta. No encontré ni un pero al verla de espaldas. Quizá —pero eso no era un defecto, solo una pena—, que se alejaba demasiado rápido.

—¿La vais a seleccionar? —me preguntó Gloria.

Yo suspiré.

—Ya sabes que no depende de mí. Además, aún no hemos visto a todos los candidatos.

—Yo la cogería —dijo Gloria.

—Tú tienes cinco gatos —le contesté.

—Seis —precisó Gloria—. ¿No te he hablado de Café?

Gloria se puso a hablarme del último gato que había recogido de la calle. La verdad es que no le presté mucha atención. Creo que tenía alguna herida. En una pata, o en un ojo. No sé. Era algo que tenía repetido. Puede que fuera en una oreja.

Era naranja. O blanco. O marrón, no recuerdo bien. Seguramente sería marrón, supongo. Por lo de Café.

El abrigo de Vicky era verde. Como sus pendientes. Eso sí lo recuerdo.

Y también recuerdo la sensación de quedarme un poco huérfano, como con ganas de ser recogido, como un gatito con un ojo lastimado o una pata renqueante.

—Gloria, ¿tú crees que a mí es fácil mandarme? —pregunté cuando acabó con su historia de Café.

—Anda, sube —me dijo por toda respuesta—. Que ya sé que el jefe te ha dado fiesta, pero tengo un problema con el ordenador y seguro que tú, que eres tan listo, me lo sabes resolver. ¡Chao, Carlos!

Y salí detrás de Gloria, porque, total, detrás de alguien tenía que salir, porque yo siempre salía el último de los sitios, del trabajo, de casa, y ya estaba acostumbrado a hacerlo, la mayoría de las veces, detrás de una mujer.

ELLA

Por la noche, me llamó, y mira que nunca nos llamamos, Sandra.

—No te oigo con eco. ¿Ya has conseguido salir del baño?

Ya sabía ella que sí. Pero no iba a quitarle la oportunidad de burlarse de mí un rato.

—Calla, calla, que no te he contado lo peor de la entrevista —le dije.

—¿Te has puesto a hablar con acento andaluz? —me preguntó. Sabía que me encantaba imitarlo y que lo hacía fatal.

—Peor.

—Te has puesto a hablar con acento andaluz y el que hacía la entrevista era sevillano.

—Peor.

—No puede ser peor.

—He contado lo de la alfombra en la entrevista.

—¿¿Cómo??

—Es que me preguntaron que si vivía sola...

—Pero ¿eso se puede preguntar?

—Yo qué sé. Como a todo el mundo le gusta esa historia... Luego me di cuenta de que la había cagado. Demasiado tarde, porque cómo iba a decirles de dónde había salido la historia...

—Ay, Vicky... Pero ¿lo de la alfombra lo has contado en la entrevista en la oficina o luego, en la cafetería?

—En los dos. Es que, no te lo pierdas, en la cafetería me ha pedido más detalles sobre la historia...

Sandra no pudo evitar reírse un poquito. No la culpo.

—¿Eso ha sido antes o después de quedarte encerrada en el baño?

—Antes. La verdad que es que ha sido supermajo.

—¿Quién?

—Pablo. El que no era el jefe. El más joven. Después de preguntarme por lo de la alfombra, me ha vuelto a hacer la entrevista, para que pudiera darle las respuestas del minuto después. Esa parte no ha estado tan mal. Pero es que lo de antes...

—¡Oye! Ahora que lo pienso. ¿No dijiste que te preguntó si tenías pareja?

—Bueno, no exac...

Sandra no me dejó terminar.

—A ver si eso de preguntarte si vivías sola era porque quería ligar contigo... Y luego te ha seguido...

—No, no. Si, en el despacho, el que ha hecho las preguntas era el mayor, el jefe. Y al que me he encontrado luego en la cafetería era al joven.

—Pablo.

—Eso, Pablo. Qué vergüenza, Sandra. Las cosas que le he contado. Los detalles... He tirado hacia delante...

—De perdidos al arroyo —respondió Sandra, imitando a mi madre.

—De perdidos al arroyo. Es que no quiero ni contarte lo que he dicho por no recordarlo. Necesito sacármelo de la cabeza. Ahora mismo tiene que estar pensando que estoy loca.

—Bueno, piensa que todo eso te convierte en una candidata inolvidable. Mejor eso que resultar indiferente, ¿no? Antes loca que olvidable.

Antes loca que olvidable. Genial.

ÉL

—Hemos visto que tienes un pódcast —dijo el jefe. Era mentira. El plural. Lo había visto yo. El jefe ni lo había visitado. El que se había pegado media tarde escuchándolo había sido yo.

La candidata se removió incómoda en el asiento. Todos los candidatos vienen con la lección del lenguaje corporal aprendida. Todos evitan cruzar los brazos, todos se esfuerzan en controlar los tics, todos colocan las manos abiertas sobre la mesa con la misma naturalidad con que los presentadores de un programa de variedades anuncian colchones, o sea, ninguna.

Pero ella no pudo controlar cierta inquietud.

Normal. No se esperaría que hubiéramos llegado ahí, que hubiera llegado ahí. El pódcast no estaba a su nombre. Usaba un pseudónimo, igual que en Twitter.

—¿A cuál te refieres? —preguntó con cautela.

—Ah, ¿tienes más de uno? —preguntó el jefe con ese fingido interés simpático que yo ya conocía tan bien.

Ella se puso aún más nerviosa.

—No, no, no —negó con vehemencia—. Es... Bueno. Es un pódcast sobre maternidad. «Mírame, mamá».

El jefe sonrió de medio lado.

—Sin embargo, usted, hijos... Uno o ninguno, ¿no?

—No, no, no —se apresuró a negar ella—. No tengo hijos.

—¿Entonces...?

Los «entonces» con puntos suspensivos en tono interrogativo eran la especialidad de la casa. Ya me imaginaba las glándulas sudoríparas de la candidata funcionando a pleno rendimiento.

—Bueno, todas mis amigas tienen hijos. Bebés —especificó—. Cuando trabajaba, me pasaba todos los fines de semana oyendo conversaciones sobre pañales, cólicos, dientes... Cuando hicieron el ERE en el periódico y me quedé en paro, pensé en una forma de ocupar mi tiempo y seguir escribiendo, y se me ocurrió lo del pódcast.

Poco a poco, se iba animando.

—Hay muchísimo interés por contenidos de crianza —nos informó. Seguramente en ese momento lamentó que ninguno de nosotros fuera madre reciente.

—Vaya, pensé que los contenidos los harían madres o padres —la interrumpió el jefe—. Igual son jovencitas, o jubilados tediosos, o técnicos de marketing de franquicias de tiendas de productos para bebés, o jóvenes en paro que pasan los fines de semana oyendo aburridas conversaciones de sus amigas madres.

La candidata se había relajado definitivamente. Ella y yo nos reímos.

—Podría ser —admitió.

—Piénsalo —dijo el jefe—. Si no, ¿de dónde sacan el tiempo para el pódcast?

—Lo que yo me pregunto es de dónde sacan el humor —comentó la candidata definitivamente animada.

—¿Ah, sí? ¿Crees que no se puede ser madre, o padre, y estar de humor?

Era la táctica habitual del jefe: «Ven, ven, gacela. Acércate al río, que está el agua fresca, que no hay cocodrilos ni leopardos. Que yo solo soy un animal sediento como tú. Bebe,

bebe conmigo». Y cuando estaba confiada, ¡zasca!, pregunta difícil. No, guapa, aquí no estamos para departir, aquí estás permanentemente a prueba.

En realidad, las preguntas del jefe no son tan difíciles. Las hacen difíciles los candidatos. Las hace difíciles su propio deseo de quedar bien. Es esa ansiedad la que complica las entrevistas, la que complica la vida en general. Lo he aprendido de mi abuela, que ha ido simplificando, simplificando y ya no alberga ni el más mínimo deseo de quedar bien. Y me da la sensación de que su vida es ahora muy fácil.

Me acordé de Victoria Grande en la cafetería. De cuando lloraba en la barra, agobiada por cómo había salido la entrevista. «Ha sido un desastre, ¿verdad? He dicho un montón de tonterías». Pero, claro, en ese caso era cierto. Bueno, no sé si tonterías exactamente. Mi madre diría «extravagancias».

Habían pasado tres días de aquella entrevista y no dejaba de acordarme de ella. Hasta miraba con otros ojos la alfombra de casa de mis padres.

Siendo objetivo, me parecía mucho más apta para el puesto Victoria que la candidata podcáster.

—Pablito, te acuerdas de la cena de esta noche, ¿verdad? —me preguntó el jefe cuando la candidata ya se hubo ido, seguramente corriendo, a la velocidad de una gacela asustada.

—Sí, claro. En tu casa. Y lo de que lleve flores —le dije.

—Así me gusta, Pablito. No llegues tarde.

Pero yo sabía que no iba a llegar tarde. Sabía que iba a llegar, como siempre, media hora antes de la hora acordada y que iba a acabar dando vueltas para hacer tiempo, para no quedar mal por intentar quedar tan bien. Así de complicada me hacía yo la vida. Tanto tenía aún que aprender de mi abuela.

ELLA

—Perdona, ¿te puedo hacer una pregunta?

Cuando la clienta que quería cambiar el billete a Mora de Rubielos por un billete a Rubielos de Mora, porque ya perdonarás, pero es que de pequeña tenía dislexia y yo en realidad era zurda pero empecé a escribir con la mano derecha porque veía que todos mis compañeros lo hacían así y... Cuando la clienta de infancia disléxica pidió permiso para hacer una pregunta, me dio la sensación de que por fin sería una pregunta que no se respondería con números: ni andén, ni número de tren, ni hora de llegada.

—¿Qué pintalabios usas?

Lo cierto es que me equivoqué. Mi pintalabios seguramente tendría un número y no un nombre. Me encantan los pintalabios lujosos, esos en los que cada color tiene un nombre francés: Provocation, Mademoiselle, Rivoli, Michèle, Passion (qué grande una pasión con dos eses), Énigmatique (qué enigmática una mujer *énigmatique*)... Pero lo mío ni siquiera era un pintalabios. Era un bálsamo labial con color barato que había encontrado junto a la caja al hacer la compra.

—Es un cacao —le expliqué a la clienta—. Es que acabo de ponérmelo. No dura nada. Al menos a mí no me dura nada.

—¡Lo mismo me pasa a mí! —dijo ella—. Es como si me los comiera.

Yo asentí sonriendo.

—Pero tú… —dudé. Se la veía perfectamente maquillada.

—Bueno, ahora me ves así, que parece que no, porque vengo de una entrevista de trabajo y me he puesto uno de esos Perfect Stay 24 horas Permanent Forever and Ever Amén.

Me habría ido a tomar un café con ella. Parecía simpática. Parecía despreocupada. La mayor parte de la gente a la que atendía parecía cargar con todas las preocupaciones del mundo. Mi ventanilla, la de venta anticipada, era por definición el lugar donde preocuparse, donde ocuparse anticipadamente de algo —un viaje, un tren perdido, un choque, una sanción, un carrito de bebé que no cabe, una mascota a la que no dejan subir—, algo que aún no había ocurrido. Desde mi silla ergonómica con ruedas, vivía permanentemente proyectada a un futuro que la mayoría de los viajeros percibía más incierto que esperanzado. Ella no. Ella parecía alegre.

—¡Suerte! —le dije cuando le entregué el billete cambiado.

—¿Suerte?

Tan despreocupada estaba que ni parecía acordarse.

—Por lo de la entrevista de trabajo.

—¡Ah, eso! —De repente le cambió la cara. La cara que puso se parecía a la mayoría de las caras que veía al otro lado del mostrador. Pensé que quizá me había equivocado con ella. Quizá ella cargaba con las mismas preocupaciones que todo el mundo, las propias y alguna que otra ajena, solo que ella las maquillaba como se había maquillado ese día los labios, con una capa extra, que simplemente duraba un poco más. Pero yo, con aquel «¡Suerte!», le acababa de rascar el maquillaje y ahora la veía como a todos los demás—. Me temo que no tengo nada que hacer. He batido el récord de decir tonterías.

—Seguro que no ha sido para tanto —le respondí.

Le habría contado mi entrevista, le habría hablado de cómo tuve la oportunidad de hacerla de nuevo, de hacerla mejor, y de cómo había acabado encerrada en un cuarto de baño, con el entrevistador esperando en la barra de una cafetería. Le habría dicho que no había tenido ninguna noticia desde entonces, y que me temía que tampoco debía esperarla. Pero ella llevaba el 73 y ya estaban pedidos los turnos hasta el 98, así que no debía entretenerme.

—¡Gracias! —se despidió alegremente.

O igual su alegría solo era otra dislexia. Igual era otro caso de letras cambiadas de sitio: una «alegría» que no era sino una «alergia» a la tristeza. Hay gente que está alegre solo por no estar triste. El caso es que a ella le funcionaba. Y quise esa alergia para mí.

ÉL

Bueno, sí, hay otras floristerías mejores, lo sé. Pero esa no me quedaba tan mal. Podía ir en metro, bajarme, comprar las flores y luego acercarme hasta casa del jefe en bus. Además, desde la primera vez que lo vi, había sentido curiosidad por ese extraño artefacto. Un expendedor de flores. Yo no había reparado en él, pero recuerdo que mi madre lo comentó horrorizada.

—Lo que me faltaba por ver —dijo aquella primera vez, plantada ante el expositor-nevera con varios modelos de ramos de flores, cada uno con su número y su precio, con un teclado lateral para introducir el número de ramo deseado y la ranura para meter los billetes y las monedas—. Por suerte, no los han mezclado con los sándwiches de atún con mayonesa.

Bueno, sí, puede que no fuera la mejor floristería ni la que me quedara más a mano, pero, desde que iba a ver las tortugas de pequeño, siempre me ha gustado la estación de Atocha.

Bueno, sí, y puede que fuera ex profeso para ver si me encontraba casualmente con Vicky.

Pero primero compré las flores.

No eran rosas, no.

Eran... No sé cómo se llaman.

Se dan un aire a arañas. Arañas elegantes. Eran de color... Tampoco sé cómo se llama ese color. Naranja no muy fuerte.

Olían un poco. Bien. Digo que olían bien.

Y entonces me di cuenta de que no podía aparecer así, con un ramo de flores naranja no muy fuerte ante la taquilla de venta anticipada, porque ella había dicho que estaba en venta anticipada. Y menos sin tener ningún billete que comprar, aunque claro, podría comprar un billete para mi madre, sí, un billete para que fuera a Toledo a ver a su hermana, en plan regalo, aunque ella se iba a extrañar de un regalo así, ella, que era tan de planificar, y yo, que era tan poco de sorpresas. Pero mira, así la sorprendía, que seguro que hacía tiempo que nadie le daba una sorpresa.

Y entonces el sorprendido fui yo.

ELLA

—¡Pablo!

Me arrepentí ya en la letra P, con lo fácil que habría sido seguir andando, porque él no me había visto, pero mi boca no tiene cerebro. Le salió así. De pura sorpresa.

Un segundo. Me faltó un segundo para estarme calladita y entonces todo habría sido distinto.

Él se terminó de girar hacia mí y parpadeó muy serio.

Llevaba un bonito ramo de azucenas color melocotón, todo lo bonito que puede ser un ramo sacado del «flormatón», que es como llamamos al cacharro de vending ese que es como un fotomatón pero con flores.

—¡Vicky! —exclamó.

Me sorprendió que se acordara de mi madre, y que no me llamara Victoria. Claro, yo misma le había dicho, al final, en la cafetería, que me llamaba Vicky. Con «k».

Hubo un silencio, o lo más parecido a un silencio que puede haber en la estación de Atocha un viernes por la tarde. Un señor que corría con una maleta gris casi lo arrolla.

—Vaya, vaya… —dijo Pablo, sin inmutarse por el ataque del viajero apresurado.

—Vaya, vaya… —repetí yo—. Qué casualidad.

Y como no salíamos de ahí, pero él tampoco decía «adiós» ni nada parecido, pregunté, solo por preguntar:

—¿Vienes a recibir a alguien?

Entonces él siguió mi mirada hasta aterrizar la suya en su ramo de flores.

—Eh... Bueno... No. No, no. Qué va.

—Ah —dije yo. Parecía incómodo con la pregunta.

Ya iba a empezar a cantar *I Can Buy Myself Flowers*, pero esta vez mi cerebro se portó. Me detuvo antes de hacerlo. Solo faltaba que él pensara que yo pensaba que había comprado esas flores para mí.

—¿Y tú? —me preguntó—. ¿Sales ya?

La que estaba incómoda ahora era yo. ¿Qué le iba a decir? La verdad es que no, aún no había acabado mi turno. Lo que sucedía es que había dejado un momento mi puesto para ir al baño y, como en ese momento estaban limpiando los baños de empleados de mi planta, iba a utilizar los de arriba.

—No, qué va —confesé avergonzada—. La verdad es que iba al baño un momento.

—¿Quieres que esté pendiente por si te quedas encerrada?

Me recordó cuando me dijo aquello de si había adoptado la «k» en mi nombre. Era como si, más allá de compartir una entrevista de trabajo, hubiéramos llegado a cierta intimidad, y bueno, la verdad es que no dejaba de ser así, porque si tuviéramos que pintar un tablero, una especie de juego de la oca con las casillas por donde habíamos ido pasando, dos de ellas, de momento, una pasada y una futura, eran cuartos de baño.

Pero esta vez al menos no tuve que esperar un minuto para dar con una buena respuesta:

—No, gracias —le dije—. No quisiera que se te marchitaran las flores.

—¿Tanto vas a tardar? —me contestó él.

¿De qué iba ese comentario? ¿Humor escatológico? No teníamos tanta confianza para eso.

—Si me sigues entreteniendo, tardaré más de lo que estipula el convenio.

Yo lo dije en plan gracia, pero no sonó nada gracioso. Sonó sindical, borde, estúpido y glacial.

—Perdona —dijo él algo cortado. Normal, los bordes, y las bordes, es lo que tienen, que cortan, y hieren, y lo hacen sin querer, como no dejaba de hacer yo, la borde, con todo el mundo: con la mujer de Rodri, con mi madre y ahora con este chico, que parecía tan buen chico con sus gafitas y su barba recortada y su ramo de azucenas para vete tú a saber quién, oliendo a colonia fresca, buena y nueva (tenía que ser nueva porque yo no la conocía de mis tiempos de Primor), un viernes por la tarde.

¿En qué momento de mi vida me había convertido en una borde, en alguien que corta?

—Buen fin de semana —me deseó aquel buen chico del que podía depender mi futuro laboral.

—Gracias, igualmente —dije.

Y él se fue. Y yo me fui. Al baño. A darme cabezazos contra la puerta diciéndome: «Imbécil, imbécil, imbécil, imbécil».

ÉL

Llevaba el pelo recogido. No sé si en un moño o una coleta. Ni me atreví a mirarla por detrás cuando se fue.

Y eso que por un segundo me planteé seguirla hasta el baño y dejarle en la puerta el ramo de flores para que me perdonara por mi grosería. «¿Tanto vas a tardar?». No me di cuenta de cómo lo podía interpretar hasta que ya lo había dicho. Lo dije con la inocencia del niño que lleva peleando por el baño con sus hermanas desde que tiene uso de razón. ¿Cómo podía haber sido tan imbécil?

Imbécil, imbécil, imbécil.

Pero ya no tenía remedio, me temía. Y tenía que coger el bus si quería llegar con tiempo a casa del jefe.

Casi se me pasa la parada reconcomiéndome.

No, seguirla hasta el baño tampoco habría sido una gran idea. Habría parecido que la estaba acosando.

Y ahora, ¿qué parecía? Ay, qué imbécil. Estaba claro. Parecía que iba a una cita, una cita infantilmente romántica, llevando flores como un panoli.

Aun así, llegué a tiempo.

Ya lo creo.

Solo que en vez de llegar con los treinta minutos de anticipación que acostumbro, «solo» llegué veintitrés minutos antes. Di las cuatro vueltas a la manzana de rigor. Me paré en varios escaparates. Fui escrutado por dos porteros. Tres mujeres sonrieron a mi paso. Supongo que por las flores. Y por fin, a la hora en punto, llamé y subí.

—Tú debes de ser el famoso Pablito —me saludó una mujer alta, delgada, elegante, castaña, fragante y sonriente, una mujer acostumbrada a recibir flores, sospecho que flores mejores que las mías, flores que no provendrían de una máquina de estación.

Ya casi daba por perdida la lucha por mi nombre, pero aun así lo intenté:

—Pablo, sí.

—Ay, perdona —dijo ella para mi sorpresa—. Es que como Javier habla de ti como Pablito…

—Claro, claro.

—Pero pasa, pasa —me ofreció la mujer, invitándome a quitarme el abrigo—. Carlota ya ha llegado.

¿Carlota? ¿Debería saber quién era esa tal Carlota? El jefe me había hablado de sus hijos, pero creo que no había ninguna Carlota. Además, no me dio a entender que la cena de hoy fuera una cena familiar. Solo habló de su mujer.

Y luego, hablando en voz bien alta para que la oyeran dentro, la mujer del jefe dijo:

—Pero qué flores más bonitas ha traído Pablo. Este chico es un amor. ¡Niños, venid a saludar a Pablo!

Y por ahí, por la entrada, desfilaron los educadísimos hijos del jefe, ya cenados, ya listos para retirarse a sus aposentos y no molestar a los invitados, Javier, Martina y Jimena, qué guapos, qué limpios sus pijamas, cómo olían sus cabezas a champú… Ninguna Carlota.

Pero, cuando llegué al salón, vi una mesa primorosamente puesta para cuatro personas, y junto al jefe había una chica como de mi edad, como de mi estilo. Como para mí, me temí.

—Carlota, este es Pablito. Pablito, Carlota.

Cuando se acercó a darme dos besos, me pareció que Carlota usaba la misma colonia que mi hermana Adriana.

—Carlota es una crack. Trabaja con Patri, en el bufete —me explicó el jefe.

A Carlota no le dio ninguna explicación sobre mí. Tampoco la Carlota en cuestión parecía muy sorprendida de verme. Supuse que ella sabría ya hasta mi signo del zodiaco.

—Es virgo, como tú —dijo con retintín el jefe.

Bingo.

ELLA

Tirarse un viernes por la tarde en casa con tu madre a tu lado en el sofá interrumpiendo con comentarios la película que quieres ver hasta que te rindes y le das el mando para que ponga lo que le dé la gana y abandonarte a mirar una *story* detrás de otra, casi sin tiempo de ver esos lugares donde querrías viajar, esos abrigos que querrías llevar, esos libros que querrías leer… no es el mejor plan del mundo. Pero ir a casa de tu amiga la que tiene un bebé de tres meses para sujetar al niño mientras ella se ducha y su marido hace la cena y que el niño te vomite sobre el hombro, sobre tu camisa favorita, pero tú sonrías y digas «No pasa nada» y a sus padres les parezca que dices la verdad y que el olor a acetona sea adorable, tampoco es el plan de mi vida. Será que me estoy protegiendo de encontrar una respuesta definitiva a la pregunta «¿Quieres ser madre?».

Sandra ahora vive en Barcelona, y sí, podríamos habernos pasado la noche mandándonos audios de la extensión de un pódcast, pero es que ella sí tenía un plan mejor.

Y Raquel… Raquel sabe seguro que quiere ser madre. Lo sabe con tanta seguridad que hasta sabe con certeza cuándo está ovulando. Y se suponía que esa noche tenía que estar haciendo un precioso bebé.

Y el wifi de mierda no funcionaba.

—Hija, ¿no sales? —preguntó mi madre.

—No, mamá. Estoy cansada. Me da pereza. Hace frío.

—Ya —dijo mi madre con una desconocida condensación monosilábica.

—Mamá, ¿cuándo va a venir papá?

—Ya te he dicho que no lo sé, hija. De momento, seguirá en el pueblo.

—Pero... —No quería ni decirlo—. ¿Va todo bien?

Mi amiga Sandra me había contado que sus tíos se habían separado. A los sesenta y cinco años. Me aterraba que lo que estuviera pasando fuera algo parecido. Sería tan típico de mis padres estar pasando por algo así sin contarlo... No quería ni nombrarlo ni pensarlo.

—Ay, hija —dijo mi madre—. Tengo un dolor de cabeza... Es aquí. En un lado, encima de la oreja. Yo no sé si lo tengo abultado y todo. Mira. Toca, toca.

—Mamá, por favor —me resistí cuando mi madre me cogió la mano para que le tentara el cráneo.

No le saqué ni una palabra más sobre mi padre. Al menos ya había soltado lo de que estaba en el pueblo. En realidad, antes me había enterado por mi hermano. Se ve que para mi padre era más fácil comunicarse con alguien que estaba en Alemania. A él, a mi hermano, le había dicho que había ido a airearse, lo que no dejaba de tener su gracia porque el pueblo, si algo tiene, es eso, aire, que siempre, todas las tardes, se levanta una ventolera que parece que van a volar todas las tejas. Más allá de ese «para airearse», por qué se había ido al pueblo y cuándo volvería era algo tan ignoto como cuándo se iría mi madre de mi casa.

ÉL

De pronto, el olor a hojaldre caliente quedó anulado por un intenso aroma a perfume.

—¡Mamá! —Patri se levantó como uno de esos muñecos de las cajas sorpresa—. Pero ¿no dijiste que preferías quedarte en tu cuarto?

—Ay, sí, pero es que me duele… —dijo la anciana. Llevaba una bata y unas pantuflas rosas.

—¿Y Elizabeth? —preguntó Patri sin esperar respuesta—. Disculpad un momento —dijo. Cogió a su madre del brazo y se la llevó por el pasillo.

Por el pasillo se oyó preguntar a la anciana:

—¿Cuándo vuelve mamá?

Por un momento, el jefe, Carlota y yo nos quedamos en silencio.

No era la situación más cómoda del mundo y Carlota acabó diciendo por decir:

—¿Es Poison lo que lleva?

Lo susurró Carlota con aquella ese sonora perfectamente pronunciada, porque una chica como ella nunca, jamás de los jamases, confundiría *poisson* con *poison*, el pescado con el veneno.

—*Poisson*, *Poisson* —asintió el jefe sin tanta sutileza.

«Pescado, pescado».

Recordé aquel aroma a Opium y el comentario del jefe, y al momento supe a qué, mejor dicho, a quién se refería al mencionarlo.

—Vaya —dijo Carlota sorprendida—. Mi abuela también lo usaba, pero no para andar por casa.

El jefe se incorporó en su asiento y miró a Patri mientras me palmeaba el brazo, pidiendo toda mi atención para lo que iba a decir.

—Carlota, ¿ya te ha contado Patri cómo llegó?

—¿Quién? ¿Su madre? —respondió Carlota algo nerviosa. No parecía muy segura de qué era lo que debía decir. Como si conociera la respuesta, pero no supiera si debía hacer ver que la sabía o no—. Bueno, sí. Algo me contó. Pero no me acuerdo bien, la verdad.

Quien estaba deseando responder era el jefe.

—Ya verás, Pablito. Esta historia te va a gustar —dijo mirándome con una enorme sonrisa—. Fue hace unos meses. Ella estaba bien. Mi suegra, digo. La que no estaba tan bien era Patri. Ahora... Bueno, las cosas han cambiado. Patri está mejor, pero mi suegra... Ha sido de repente. Ha dado un bajón impresionante.

Y entonces me lo contó. Me contó cómo su suegra había aparecido un día en el interior de una alfombra que había llegado en un paquete.

Según le dijo su mujer, porque él no estaba en casa cuando sucedió, el portero había guardado el paquete en la garita. Cuando Patri llegó a mediodía, hizo subir el paquete, lo abrió, desenrolló la alfombra y...

—*Voilà!* —exclamó teatralmente el jefe. No hablaba demasiado alto. Parecía como si no quisiera que su mujer le oyera contar esa historia—. Y desde entonces hasta ahora. ¿A que sí, Carlota?

Carlota asintió sin más, como si no tuviera el más mínimo interés en seguir indagando en esa historia.

Yo solo pensaba en contárselo a Vicky. «Es solo una historia», me había dicho. Pero no era solo una historia si alguien más la contaba.

Ahora ya sabía por qué me había querido traer el jefe a su casa: para aleccionarme sobre la insospechada llegada de madres a nuestra vida. Por increíble que pareciera, la madre de Victoria Grande Lagunas no era la única pasajera de alfombras. Y eso explicaba la reacción del jefe en la entrevista.

Pero ese no era el único motivo de la invitación. Otro —ya lo había confesado— era que su mujer se cerciorara de que, tras el cariñoso nombre de «Pablito», había realmente un hombre.

Y aún había un tercer motivo, un motivo que a mí por lo menos me había pillado por sorpresa. Ese motivo se llamaba Carlota.

ELLA

Pero yo quería querer a mi madre.

No quería estar así, sentada a una distancia de años luz, a una distancia de centímetros, en el sofá donde ella dormía, donde se encogía cada noche, fingiendo que aquel respaldo se adaptaba a sus riñones y «Mira, ¿lo ves, hija?, aquí estoy perfecta». Sus riñones, un oasis en el «aquí» de sus dolores.

Yo no quería culparla de que Rodri no dejara a su mujer y al niño, pero su presencia en casa hacía imposible cualquier conversación con él, si es que a él le hubiera dado por llamar, pero cómo iba a llamar después de lo que hice, meses después. Hacía tiempo que no debía esperar esa llamada.

Yo solo quería que mi madre me mirara y me viera, a mí, a la adulta que ahora era. Que supiera que éramos distintas y que yo ni quería ni podía parecerme a ella, si es que ella hubiera querido eso para mí, que a veces parecía que sí, que le diera rabia verme tan distinta. Pero al mismo tiempo me habían educado para que lo fuera. Que fuera distinta, libre, feliz. Que no fuera una alfombra. Y mi madre…, ¿acaso había sido eso: distinta, libre, feliz? ¿O solo se había adaptado a todo con aquella inquebrantable voluntad viscoelástica suya? No sería yo quien la hiciera dudar de ese relato que había construido, todo felicidad y perdices, absolutamente blindado de la realidad.

Y tampoco quería sentir esa rabia por el silencio de mi padre, no quería imaginar una fractura en ese pilar de amor que mis padres habían construido para Jorge y para mí desde nuestra infancia, que, vamos, si hubieran tenido un restaurante lo habrían llamado Juan y Mari Carmen, y si mi padre hubiera tenido un camión lo llamaría Maricarjuan.

Yo ya estaba bien, pero a ver cómo enrollas de nuevo una alfombra con una madre dentro, adónde envías el paquete. Porque lo habría llevado al trastero, pero no tenía trastero. O lo habría metido en el maletero del coche, pero no tenía coche. Y ahora estaba con ella en la casa de mi abuela y con un fin de semana por delante en el que mi madre no iría a pilates, ni a andar con las amigas, ni al médico, ni a mirar zapatos, en esa excursión suya por toda la ciudad en busca de los zapatos de ancho especial menos especiales y más anchos.

—Mamá, ¿me puedes pintar las uñas?

En realidad, estoy acostumbrada a llevarlas hechas un desastre, y no aspiro a llevar las uñas de la mano derecha con todo el esmalte en su sitio, pero quería, necesitaba, hacer algo con mi madre, algo para lo que no hiciera falta hablar.

—Claro, hija.

Fui al baño a por un botecito de esmalte. Cogí uno granate oscuro. Volví al sofá y mi madre colocó mi mano sobre su regazo.

—¿Y si te manchas? —le pregunté.

—¡Qué me voy a manchar!

De fondo, en la tele, la hija de la exmujer de un extorero, viudo de una cantante, lloraba.

Mi madre empezó a pintar por el meñique con una delicadeza de geisha impropia de ella.

De repente, me entraron ganas de tener una foto de ese momento.

Tenía una foto con mi madre cuando era pequeña enseñando toda orgullosa mis primeras uñas pintadas.

Me gustaba esa foto. Era distinta. Yo estaba sentada encima de mi madre. Ella aparecía un poco de perfil, mirándome con una media sonrisa mientras yo enseñaba feliz las uñas a quien hacía la foto, que posiblemente sería mi padre. Estaba en una serie de fotos hechas en la playa. Mi hermano con traje de baño ajustado azul marino y yo con bañador rojo con topos blancos, con cubo azul, rastrillo rojo y molde de estrella amarillo. Mi hermano y yo ante un castillo de arena. Mi hermano semienterrado en la arena. Mi hermano y yo de espaldas, a punto de meternos en el mar. Mi hermano y yo, tumbados allí donde rompen las olas, rodeados de burbujas blancas, con la boca abierta como un buzón, dispuestos a tragarnos medio Mediterráneo con la alegría y la inconsciencia de quien devora algodón de azúcar.

La foto de mis uñas fucsias no está hecha en la playa. Supongo que la combinación de niños, arena y esmalte era aún peor que la de niños, arena y bocadillos, que siempre acababan siendo bocadillos crujientes, crujientes de arena.

Me temo que todos tenemos fotos parecidas, recuerdos parecidos. Me temo que todos hemos mordido arena, tragado agua, sentido escozor en los ojos, el agua que se cuela en el cerebro por la nariz. ¿Cómo era aquello? «Todas las familias felices se parecen; las desdichadas lo son cada una a su manera», y por eso todos los álbumes de fotos familiares se parecen, porque nadie hace fotos de los momentos tristes, porque para qué perpetuarlos. Pero yo con gusto habría hecho una foto, un selfi, a mi madre y a mí, en ese momento, ese viernes noche de diciembre, pintándonos las uñas juntas, en mi sofá. Quizá, si encuadraba hacia abajo, si solo fotografiaba nuestras manos, hasta saldría un cachito de aquella alfombra.

No la hice.

En el fondo, sabía que esa foto, como tantas otras, de haber existido, jamás habría salido de mi teléfono, jamás habría llegado a un papel que guardar. Se quedaría flotando en alguna nube cuando cambiara de terminal.

—Mamá.

—¿Sí, hija?

—¿Por qué no me enseñaste a coser? —le pregunté mientras ella me soplaba las uñas, como si el aire de sus pulmones tuviera una cualidad secante superior a la de los míos.

—Ay, hija. Con todo lo que has estudiado. ¿Para qué quieres saber coser? Si ya estoy yo…

Mi madre se durmió en el sofá al arrullo del vocerío del televisor. Los riñones recogidos, la boca abierta, las piernas dobladas.

Yo me fui a la cama.

Me giraba a un lado, me giraba a otro, intentando encontrar la postura.

«Si ya estoy yo…», me venía a la cabeza. «Hasta que dejes de estar, mamá», contestaba para mí.

Y ya no era solo que algún día dejara de estar, punto, que no quería ni pensar en ello. Es que algún día, aunque siguiera estando, algún día tendría que irse de mi casa, bueno, de casa de la abuela, porque no podía tener que seguir necesitándola toda la vida. Aunque… ¿Y si era ella la que me necesitaba a mí? ¿Y si no le bastaba con su pilates, sus amigas, sus zapatos? ¿Y si era ella la que necesitaba a toda costa seguir siendo nuestra madre? Ella, que no había estudiado mucho, que no había trabajado fuera, que se había esforzado tanto, se había volcado tanto, en sus hijos. ¿Y si de tanto volcarse ahora no podía enderezarse y llevar una vida sin plegarse y desplegarse ante ellos como una alfombra? Qué listo mi hermano, tan lejos. Con aquellas maletas donde acumulaba chaquetas con botones por coser en la manga, una vez cada dos meses. ¿Y si no enseñarnos a coser era una argucia suya para que la necesitáramos?

Pero entonces oí uno de sus ronquidos.

Qué argucias ni argucios. ¿Hay algo que pueda torturar a una mujer que ronca de esa forma, una mujer para quien la vida es coser y roncar?

Mi madre dormía a pierna suelta en el sofá mientras yo…, yo…

Me recordé contando a Pablo la historia de la alfombra en aquella cafetería.

Y me tomé un diazepam.

ÉL

Si no digo que no fuera encantadora.

Era encantadora.

Ni educada.

Era muy educada.

Ni simpática.

Era supersimpática. Derrochaba eses sonoras y simpatía. Se nota que tenía simpatía para dar y tomar. Igual ese era el problema: le sobraba simpatía. Y a mí me faltaba un poquito de espacio.

En cuanto la mujer del jefe volvió de ¿encerrar? a su madre, Carlota y ella empezaron a contar anécdotas del bufete. Bueno, anécdotas y no anécdotas. Aquello parecía a ratos una reunión de trabajo.

—Perdona, ¿no te estaremos aburriendo? —dijo ya en los postres la mujer del jefe.

—Qué va —respondió el jefe por mí—. Lo tengo adiestrado a prueba de latazos. A este chico lo mismo le puedes llevar a una lectura de una tesis doctoral sobre el concepto de tarea infinita en la filosofía de la historia de Kant que a un concierto de fin de curso de una academia de flauta.

Creo que me estaba mostrando demasiado paciente con el jefe. Pero le seguí el juego.

—Sí —comenté—. Mis hermanas me llaman para que las sustituya en los festivales de fin de curso. He pensado montar una empresa de suplantación en festiverios escolares con servicio de grabación. Al fin y al cabo, eso es lo que quieren los padres, el vídeo, ¿no?

La mujer del jefe y Carlota se miraron entre ellas sonriendo.

En el aire, sobre la bandejita de trufas y los helados que se derretían en los platos, quedó flotando un silencioso «Te lo dije» que preferí no interpretar.

—Mira que te ponemos los vídeos de los festivales de Javier y Martina desde que iban a la guardería —bromeó la mujer del jefe—. Y un vídeo de Jimena durmiendo que ríete tú del *Sleep* de Andy Warhol. Aunque, pobre, se nota que es la tercera porque no tenemos ni una quinta parte de fotos de ella. ¡Pero tenemos grabadas las primeras clases de matronatación!

—¿Matroqué? —preguntó Carlota.

—Ah, sí —dije yo—. Me suena que mis hermanas lo hicieron, al menos mi hermana mayor. Es eso de meterte en la piscina con el bebé y ahogarlo hasta que el bebé sale a flote como un pez.

—Como un corcho —precisó el jefe—. Los peces solo flotan cuando están muertos.

Carlota se rio por encima de la gracia del chiste. El jefe se esponjó. Oh, cómo le gustaba gustar.

—¿Las tenéis grabadas? ¿Las clases de matronatación? —pregunté.

La mujer del jefe asintió.

—Javier compró una cámara sumergible. En realidad, lo hizo para él, cuando empezó con el submarinismo.

¡Ajá! Lo oí en mi cabeza como si lo estuviera diciendo en voz alta en ese mismo instante: «Tú tienes de kamikaze lo que yo de submarinista». ¡Y resulta que lo era! Me lancé a preguntar a Patri sobre el asunto.

—Oh, sí —contestó ella—. Yo soy incapaz de aguantar más de diez segundos bajo el agua, pero Javier es un consumado submarinista.

«Y yo un kamikaze por consumar», pensé.

—Se sacó el título y todo —explicaba Patri—. Un máster de buceador.

Javier volvió a hincharse como un pavo.

—Nada, el PADI —dijo, como si saber qué era el PADI fuera tan esencial como distinguir el sushi del sashimi, el Ribera del Rioja.

Pero Carlota tampoco lo sabía.

—El ¿qué? —preguntó.

—PADI es *Professional Association of Diving Instructor*. Son los que dan las certificaciones oficiales. Yo tengo el Advanced Open Water Diver.

El jefe pronunció con un acento inglés que no era suyo. Yo le había oído hablar seguido, y sabía que aquella te medio escupida que había pronunciado en «water» no era la te castiza con la que solía pedir los gin-tonics.

—Advanced Open Water Diver —repitió Carlota, ella sí, con perfecto acento inglés. No había ni una pizca de guasa en ninguna de aquellas cuatro palabras. Eran puritita veneración.

—¿Has visto, Pablito? Pronuncia igual de bien que tú. Menuda joya de chica. Pero, no creas, Carlota, que Pablito también es un buen partido...

Qué rancio me sonó aquello. Qué forzado todo ese encuentro...

¿Qué era ahora el jefe?, además de *advanced open water diver*. ¿Un *hearthunter*? ¿Un puñetero celestino? ¿Carlos Sobera?

Pues si el jefe era todo eso, yo era un kamikaze ninja cinturón negro quinto Dan Sensei, o como se dijera.

Si lo pensaba un nanosegundo, seguiría sonriendo, haciendo el paripé, interpretando el papel de buen partido que me había adjudicado.

Los kamikazes no piensan. Actúan.

Y eso hice.

—Ha sido un placer, pero lo siento. Tengo que irme —dije, y me levanté.

El jefe se quedó sin palabras.

Nunca lo había visto así.

Cuando cogí el abrigo del pasillo, le oí exclamar:

—¡Pero Pablo!

Me había llamado «Pablo».

No Pablito. Pablo.

Volví andando a casa, dando una larga caminata.

Hacía frío, pero no lo sentía.

Cada dos pasos pensaba: «Qué has hecho, pero qué has hecho». Cada tres: «¡Lo has hecho! ¡Lo has hecho!».

Los kamikazes viven —vivimos— entre la euforia y el arrepentimiento.

ELLA

El sábado me levanté tarde.

—Mamá, he quedado con Ana —anuncié a mi compañera de piso-asistenta-ama de llaves-escolta .

Mi madre dejó por un momento de mover frenéticamente el trapo del polvo.

—¡Ay! ¡Ana! ¿Cómo está? ¿Y el bebé? Ya estará grande, ¿no? Hay que ver cómo crecen cuando son tan pequeños. Hay que mirarlos todo el rato. ¿Y su marido? ¿Cómo se llamaba? Enrique, ¿no? Los dos tan guapos. Un poco sosainas él, ¿no? Pero qué buena pareja hacían. Hacen, vaya, digo. Digo «hacían» porque hace mucho que no los veo. Uf, yo creo que desde..., desde... Ni me acuerdo.

Primer intento.

—¿Y el bebé? ¿A quién se parece? ¿A él o a ella? Bueno, da igual. Los dos son guapos. ¡Cómo me gustaría verlo! Ya me quedé con pena de no acompañarte a ver a Ana el otro día, ya...

Segundo intento.

—¿Y dónde dices que has quedado? ¿Muy lejos?

Tercer intento.

—Pues justo ahora había pensado salir a hacer la compra, porque, total, esto del polvo lo puedo limpiar más tarde, que es limpiar sobre limpio.

Yo me mantuve en mis trece. Pero todo era inútil.

Es inútil oponer a resistencia ante quien no se da cuenta de que te estás resistiendo, un salmón que salta jovial entre la corriente enfurecida confundiendo esa furia con deporte. No hay fuerza más inoponible que el candor.

—¡Ya sé! —exclamó mi madre como una colegiala a la que acaban de entregar la invitación (imaginaria) a una fiesta de cumpleaños—. ¡Te acompaño! Así veo a Ana, y al bebé. ¡Ay, qué pena no haberlo sabido antes, que le habría hecho un jerseicito o unos patucos o algo! ¡Ya me sabe mal presentarme así, con las manos vacías!

Pero sus manos no estaban vacías del todo. Estrangulando su dedo anular había un anillo igual que el que llevaba un señor que estaba aireándose en un pueblo a doscientos cincuenta intrincados kilómetros de allí.

Y aquel sábado por la mañana, la madre que llegó en una alfombra y la hija que la desenrolló salieron juntas de casa a ver a ese nuevo habitante del mundo.

ÉL

Salió un día de esos fríos fríos, de un frío seco y sin viento. Un día de caminantes que humean como chimeneas mientras pululan laboriosos en busca de otro regalo de Navidad.

Pero yo no me puse camiseta interior. Ni camiseta interior ni traje. Era sábado y yo me iba al trópico.

Iba al trópico para llegar a la estepa. En el fondo, sabía que lo de la estepa era la excusa para pasar por el trópico. De hecho, a mi madre solo le comenté mi destino final.

Lo había decidido. Iría a ver a mi tía.

—¿A Blanca? —preguntó mi madre extrañada.

—Sí, mamá. No la veo desde antes del verano.

Mi madre enarcó las cejas.

—No, si me parece muy bien, hijo. Pero es que como vendrán ahora, para navidades...

—Bueno, pero hace un montón que no voy a Toledo. Y parece mentira, porque con el AVE está a tiro de piedra.

El asombro de mi madre curvó diez grados más sus cejas.

—¿En tren? ¿No vas a ir en coche?

—Es absurdo ir en coche a Toledo, mamá. Salen trenes cada dos por tres, y vas mirando el paisaje, o leyendo. Y entre gasolina y aparcar, no creas que sale más barato ir en coche. Por no hablar de lo que contamina...

Mi madre no salía de su asombro.

—Pero ¿tú desde cuándo te nos has vuelto ecologista?

Me negaba a creer que estaba cambiando, pero lo cierto es que últimamente no dejaba de sorprender a los que me rodeaban.

—Bueno, mamá —zanjé—. Volveré por la noche, supongo.

Mi madre dejó el libro que tenía entre manos y dijo:

—¿Sabes qué te digo, Pablito? Inés pasa el fin de semana en casa de unas amigas y el pesado de tu padre ya se ha ido a trabajar. Luego tiene comida con no sé qué cliente. Acabarán a las tantas. —Cerró el libro y exclamó exultante—: ¡Te acompaño! ¡Hace siglos que no voy a Toledo!

Ni corta ni perezosa llamó a mi padre. Le saltó el contestador. «Pablo, me voy con Pablito a Toledo a ver a mi hermana. Luego te cuento. Chao».

Lo dijo con una osadía desconocida para mí. A ver si iba a ser que mi recién descubierta tendencia kamikaze era una herencia de mi madre. Aunque de quién iba a ser si no. Mi padre no había pasado de 123 kilómetros por hora en toda su existencia. Además, ahí estaba Blanca, la hermana de mi madre, divorciada, pintora, un «espíritu libre», como decía mi padre con retintín.

El caso es que mi madre me pidió que la esperara y se fue a arreglar, porque una cosa era lanzarse en brazos de la improvisación y otra salir de casa sin maquillar.

Y yo me fui preparando mentalmente para llegar al trópico en compañía de la recién coronada Miss Carpe Diem, mi madre.

ELLA

En contra de mi voluntad, habíamos quedado en Atocha, dentro de la estación.

«¿Y no podemos quedar en otro sitio?», pregunté a Ana.

No es que tuviera nada contra Atocha. Era práctico. Quedaba a tres paradas de metro de mi casa y estaba cerca de casa de Ana. Hacía frío y allí se estaba calentito. Los sitios estaban pensados para viajeros con maletas, y quien dice viajeros con maletas dice padres y madres con niños, dice carritos, dice más centímetros cuadrados por persona de los que ocupan dos pies. Pero odiaba tener que hacer el mismo recorrido que hacía todos y cada uno de mis días laborales.

Camino a la estación de metro, mi madre se me agarró del brazo.

—Ay, hija. Qué frío. Además, me he levantado con un dolor en el tobillo derecho... Al principio pensé que se me había dormido el pie o algo así. Pero no. Tiene que ser algo más.

Mientras trajinaba por casa, mi madre no había dado el menor síntoma de dolor y, sin embargo, ahora, por la calle, renqueaba. Pero, claro, se trataba de mi madre, una diana perfecta para los dolores súbitos.

Antes de meternos en la boca de metro, nos paramos en el escaparate de la zapatería. Mi madre se lo sabía de memoria, porque todos los días se paraba a mirarlo. Supongo que para ella, era un juego de atención, como el *Memory*, o *Dónde está Wally*, o uno de esos.

Se quedaba ante el escaparate y rastreaba si había habido algún cambio entre el día anterior y ese día. La cosa tenía su mérito porque el hombre de la zapatería había conseguido meter en un escaparate del tamaño de cuatro televisores de cuarenta pulgadas no menos de ochenta modelos de zapatos, cada uno con su precio y las tallas en las que se encontraba disponible. El encargado de la zapatería parecía o conchabado con mi madre para darle juego o no muy seguro de sus conocimientos en *visual merchandising* o las dos cosas, porque el caso es que cambiaba cada día algún detalle del escaparate. Mi madre se plantaba cada día delante y comentaba a quien quisiera oírla cosas como «Mira, ese de ahí, el tacón de salón negro que está junto a la bota con piel como de serpiente, ese ayer lo tenía en azul marino» o, con su precisión léxica habitual, «¿Ves la bailarina marrón esa como acolchonada, la de los rombitos, esa con el lacito en el peine? Pues mira, ya no le queda el treinta y ocho».

—Vaya, ya no están los que me gustaban —dijo mi madre, señalando hacia la derecha.

Yo miré hacia donde señalaba.

—¿Cuáles? ¿Los botines marrones?

—Pero ¿no te estoy diciendo que no están? —preguntó, como si yo hubiera dicho la mayor tontería del mundo.

Le habría dicho que qué quería que dijera, si ella misma estaba señalando hacia allí, que para qué señalaba entonces, que no se puede señalar algo que no está, pero hablar con mi madre era siempre un poco así, un poco intentar entender cosas que no estaban, o que no importaban, o que yo no lograba comprender, y además vi sus uñas, que ahora estaban del mismo color que las mías, porque la noche anterior habíamos acabado pintándonoslas la una a la otra, y con eso quería quedarme, no con dedos que señalan hacia cosas que no están sino con uñas que comparten un color de esmalte, uñas bajo las que corre una misma sangre, lo poco que corría esa mañana fría en la que mi madre y yo, igual de despistadas, habíamos salido sin guantes.

Entonces la uña de mi madre señaló hacia otro par. Ese sí estaba.

—Mira, también han traído zapatillas de esas como de deporte pero para la calle. Hija, me encanta eso de que las chicas jóvenes de ahora llevéis zapatillas para todo y no vayáis por la vida destrozándoos los pies como nosotras. ¿Te conté que a Tuca la han tenido que operar del pie? Es una plaga. Primero a Pepa. Luego a Silvia. Ahora a Tuca. Y yo ya llevo un tiempo con el juanete... Tengo un dolor aquí...

—Vamos, mamá —la animé a moverse del escaparate—. Me estoy quedando helada.

—Yo sí que tengo frío, hija. Toca, toca. Mira cómo tengo las manos. Es por la circulación *perriférica*. Me va fatal.

ÉL

Mi madre agarraba el bolso como si fuera Lobezno.

—Pues no sé por qué teníamos que venir en metro —me susurró mientras bajábamos por las escaleras mecánicas.

—Mamá, que esto no es el metro, que es el cercanías —intenté explicarle—. Llegamos en nada.

—Lo mismo me da. Va por debajo, ¿no? —zanjó mi madre.

La ayudé a subir los escalones del vagón. Mi madre, de natural, no precisa asistencia, pero tiene a bien ponerse unos tacones que sí la requieren.

—Son solo dos paradas a Atocha —le dije, nada más subir a la plataforma.

A mi lado, un hombre con el pelo corto y de punta por delante y largo por detrás nos miró fijamente. Olía a vino.

—¿A Atocha? Este tren no va a Atocha —terció.

—Que sí, que sí —dije yo.

—Este va al aeropuerto. Tienen que cogerlo en la otra dirección —insistió él muy serio—. No para en Atocha.

—Ahí pone que para en Atocha —le dije señalando las luces rojas que acababan de anunciarlo.

—¡Uy! Estos letreros suelen estar mal.

Mi madre entró en barrena.

—¡Ay, Pablito! ¡Que te has equivocado!

Me soltó el brazo y estrenó una agilidad desconocida para bajar las escaleras.

Yo dije «¡Sube, mamá!» al tiempo que ella decía «¡Baja, Pablito!». La guerra de imperativos no se prolongó ni un segundo.

Bajé yo.

En el andén, el letrero seguía insistiendo en que el tren que acababa de dejar la estación pararía, sin nosotros, en Atocha.

—¡Pero mamá! ¿Por qué te has bajado?

Mi madre me miró como si fuera tonto.

—¿No has oído a ese hombre? ¡Vete tú a saber dónde habríamos acabado! ¡En Vallecas!

Yo puse los ojos en blanco.

—A ver, mamá, ese tren nos llevaba a Atocha. Estoy seguro. Cojo el metro a diario para ir al trabajo.

—¡Esa es otra! ¡Qué será lo siguiente! ¿Que vayas en bici? —Y luego, cargada de razón—. ¡Claro! De metro aún sabes. Pero ¿no has dicho que esto era el cercanías? ¿Y no podemos ir en metro? ¿No estará más limpio?

Yo obvié la segunda pregunta y le dije:

—Sí, podemos llegar en metro...

Mi madre no me dejó acabar.

—¡Pues hala! ¡Andando! —Y salió decidida hacia la derecha.

—Por aquí, mamá —le indiqué, y mi madre giró ciento ochenta grados con la decisión de una modelo al llegar al final de la pasarela.

¿No quería aventura? Pues toma aventura. Once paradas y un transbordo. Por un momento, albergué la secreta esperanza de que en el transbordo de Cuatro Caminos se rindiera, subiera a coger un taxi de vuelta a casa y me dejara vía libre para mi expedición tropical-toledana. Pero no.

Ya en la línea 1, en Antón Martín entró un chaval con un bafle y un micrófono y se puso a rapear sobre los viajeros. «A ver quién está en este vagón. Oh, qué emoción. El hombre con la mano en el bolsillo. Ay, que me desternillo. La chica con los labios pintados de rojo. Uy, que me sonrojo. La mujer elegante con su buen par de guantes, bolso Carolina Herrera, collar bueno de perlas, con su cuello de visón, con zapatos de tacón, ¿bajará en esta estación?». Mi madre me miró entre horrorizada y halagada. Se la veía encantada de que la identificaran como «la señora elegante» del vagón. Pero se aferró aún más al bolso hasta hacer palidecer los nudillos.

Cuando salimos en Atocha, me agarró del brazo con el mismo brazo donde llevaba el bolso.

—Ay, mamá. Me estás clavando el bolso.

—Calla, Pablito, y anda —susurró apresurando el paso.

—Pero ¿qué te pasa, mamá?

—¡Ay, hijo! ¿No te has dado cuenta? ¡Ahora llevo un letrero luminoso que dice: «¡Róbenme!». ¡Y el cuello no es de visón! ¡Es de zorro!

Sin querer, me puse a pensar posibles rimas para eso. «Con su cuello de zorro, parece gritar: "Socorro"»...

—¿Y ahora dónde tenemos que ir?

—A comprar los billetes.

Mi madre dejó de andar.

—Ah, pero... ¿No los habías comprado ya? Yo pensé que los habías sacado por internet.

Reconozco que me sentí pillado. Igual por eso subí un poco la voz.

—¿Cuándo querías que los sacara, mamá? —respondí a la defensiva—. Pero si has decidido venir a última hora.

—Es verdad, es verdad —dijo mi madre, y siguió andando cogida de mi brazo, mirando a izquierda y derecha, acechando ladrones, comentando los escaparates, «¿No había aquí un Imaginarium?», haciéndome mirar el precio de un delantal flamenco para turistas que colgaba en lo alto en una tienda de souvenirs... hasta llegar a la máquina de flores—. ¿Aún sigue esto aquí? —preguntó mirándola como quien mira un adorno navideño en marzo—. Siempre me ha parecido lamentable. ¿Quién va a comprar flores en una máquina?

Le ahorré la solución a la adivinanza y encaminé a mi madre hacia las taquillas. Nada más entrar, hice un barrido por todos los puestos. No, no, no, no y... El cuerpo de un cliente armario tapaba por completo a la persona que le atendía tras el mostrador. Me hice a un lado para verla y...

Tampoco.

De repente, ir a Toledo con mi madre no parecía tan buen plan.

—Pero ¿qué haces, Pablito? ¿No ves que tenemos que ir a salidas inmediatas? ¿Y no podríamos haber sacado el billete en las máquinas, que es más rápido? En fin, ya que estamos aquí... ¡Pero vamos a esta fila, hijo, que pareces como ido! ¡Ay, qué emocionante! Cuando nos toque, diremos: «Sáqueme dos billetes para el próximo tren a Toledo». Y luego, cuando lleguemos a Toledo, podemos coger un taxi y decirle: «¡Siga a ese taxi!». ¡A la aventura! Por cierto, habrás llamado a Blanca para asegurarte de que está en Toledo, ¿no? Mira que si vamos y no está... Pablito, ¿me escuchas?

ELLA

Nuestro tren llegó al mismo tiempo que el tren que circulaba en sentido contrario. Me gusta cuando coinciden dos trenes en una parada.

Cuando se cruzan en los túneles, tan rápido, no da tiempo a mirarse. Me gusta ese mirarse de uno a otro lado del cristal, sabiendo que no hace falta hablar, que es inútil hablar. Me gusta, si me cruzo con un niño, sacarle la lengua. Me gustaría ser capaz de hacerlo no solo con los niños. Me gustaría ser una anciana que saca la lengua al hombre serio que va en el vagón de enfrente. ¡Qué digo! Me gustaría ser capaz de sacarle la lengua a la mujer cansada que va en mi mismo vagón, sentada enfrente. Por hacernos niñas. Por reírnos juntas.

Pero esta vez no pude entretenerme mirando el vagón que estaba parado junto al nuestro, a unos pocos centímetros. Bastante tenía con levantar a mi madre del asiento y lograr que bajara a tiempo del vagón.

—¡Ay, hija! ¡Que ya me ha vuelto a pasar! ¡Es como si se me durmiera el pie! ¡Ayúdame, ayúdame!

La cogí del brazo, la obligué a dar unos pasos hasta la puerta. Cuando abrimos la puerta del vagón, amortiguado por las voces y los pasos, nos llegó el sonido de un rapero cantando. Avanzamos hacia la estación, mecidas por cientos de personas. La gente andaba con otra prisa, la prisa de los sábados, que es la de la diversión que apremia, el novio que espera, a quien le espere un novio, la prisa del reencuentro, la compra, la fiesta, la risa. Yo andaba con una madre renqueante que presumía de tener un pie dormido con la modestia de quien realmente querría fardar de tenerlo gangrenado. Pensé en las tortugas que poblaron durante años el estanque de Atocha, en cómo resbalaban por las piedras de pizarra inclinadas, a veces unas pegadas a otras, grandes y pequeñas, adultos y crías, arrastrándose, como en un fracaso colectivo insignificante que no les impedía volver a subir de nuevo, sin prisa, sin esperanza, para volver a resbalar de nuevo, pequeñas Sísifos cargadas con armadura, con la prole, inasequibles al desaliento. ¿Dónde estarían ahora?

—Te voy a regalar un bastón —bromeé con mi madre.

—¿Para qué, hija? Si ya te tengo a ti —dijo sin asomo de ironía, colgada de mi brazo. Me sentí feliz de haber evolucionado de peligrosa conductora a piadoso bastón. Y deseé otra entrevista de trabajo donde me preguntaran «¿Cuál es su mayor virtud?» para poder decir «Sirvo de apoyo».

Giramos por donde la tienda de souvenirs.

—¿Qué? ¿No quieres ir a saludar a tus compañeras de trabajo? —me preguntó mi madre conforme nos acercamos a las ventanillas de venta de billetes.

Dudé.

—Mira, un cuello de esos de piel quiero yo —dijo mi madre señalando hacia la derecha—. Si me toca la lotería, me lo compro. Con eso no me pondría mala de la garganta…

No llegué a ver el cuello aquel.

—¡Vicky! —oí que me llamaban desde el otro lado.

ÉL

—Sáqueme dos billetes para el próximo tren a Toledo —dijo mi madre.

—Por favor —añadí yo.

La chica tecleó algo en el ordenador.

—Si se dan mucha prisa, sale uno en nueve minutos.

—¡Perfecto! —dijo mi madre como si en vez de calzar unos tacones altos llevara unas zapatillas Asics con colchón de gel.

—El andén está aquí, en esta misma planta —fue explicando sin dejar de teclear en el ordenador—. Salen hacia la izquierda y, cuando pasen el control, giren a la derecha y vayan todo recto.

—Qué maravilla, chica.

Cualquiera diría que mi madre había estado en China, en Madagascar y en Perú. Parecía que ir a Toledo era la aventura de su vida.

—¡Corran! El acceso se cierra en cinco minutos —nos animó la chica mientras nos tendía los billetes—. ¡Que tengan un buen día!

—¡Gracias! —exclamó mi madre cantarina.

Giró sobre sus tacones y me arrastró hacia la salida. Salió ligera como una pluma, como una mujer que ha dejado de considerarse objetivo criminal para adquirir consistencia de pionera, una Amelia Earhart, una Annie Londonderry, a punto de coger por primera vez una bicicleta sin frenos para dar la vuelta al mundo, solo que la heroicidad de mi madre consistía en ir a Toledo sorpresivamente y con tacones.

—¡Corre, Pablito! ¡Que pierdes el tren!

ELLA

—¡Vicky! ¡Vicky!

Mira que soy mala localizando los sonidos. Miré a un lado y a otro antes de encontrar de dónde venía aquella voz.

—¡Enrique!

Enrique estaba junto a la escultura de las maletas. De Ana solo veía sus raíces por teñir. Estaba inclinada hacia el carrito. Pero, antes de que levantara la cabeza, supe lo que iba a encontrar: un buen par de ojeras.

—¿Qué? No habéis pegado ojo, ¿no? —le dije a Enrique después de darle dos besos.

Enrique, que llevaba otras dos ojeras a juego, asintió.

—¡Hola, Enrique! ¿Te acuerdas de mí? —Empezó a hablar mi madre como una tromba—. Soy la madre de Vicky. Qué ganas tenía de veros. Bueno, sobre todo al bebé. ¡Hola, Ana! ¡Qué guapa estás! ¡Qué bien te ha sentado ser mamá! ¡A ver ese bebé! —Y metiendo la cabeza en el cochecito—: ¡Ay, pero si está durmiendo! ¡Ay, qué cosita más bonita! ¡Es precioso! ¡Mira, Vicky! ¡Mira! Tu madre estará como loca con el nieto, ¿no? ¡Ay! Pero ¿tú has visto, Vicky?

Cuando mi madre sacó la cabeza de dentro del cochecito, se encontró las ojeras de Enrique y de Ana y sus sonrisas bobaliconas.

—Ha crecido, ¿no? —dije yo, por decir algo.

—¡Está que se sale del percentil! —comentó Enrique, como si la palabra «percentil» formara parte de su vocabulario desde los cinco años. Y luego pasó a contarnos palabra por palabra la visita al pediatra del día anterior.

—¿Tomamos algo? —propuse yo aprovechando que había parado a coger aire.

—Cafééé —suplicó Ana con voz, y cara, de zombi.

Me alegró reconocer algo de la Ana prebebé. Era como encontrar un objeto antiguo en una casa reformada, la confirmación de que Ana seguía siendo Ana, que la madre de ese bebé era también la mujer que conocía de antes.

Me asomé al cochecito para ver mejor a Marcos. Sí que era bonito, sí. Un trocito de pan tierno, un proveedor de diminutivos. Le habían retirado la manta y se le veía subir y bajar el pecho con la placidez de un mar previsible. Podías estar horas viendo ese subir y bajar como de ola, esa conciencia limpia hecha carne, hecha pececito dorado, sirena.

—¡¡Ey!! —gritó Enrique.

El niño se agitó y salió de ese plácido sueño con la violencia de una lancha motora. Adiós, mares, horizontes, pececitos y sirenas. La única sirena que quedaba ahí era una sirena antiincendios que ululaba con la potencia de un bafle. Algún ingeniero de sonido tendría que estudiar cómo un cuerpo tan pequeño puede crear semejante escandalera.

—¡Vaya pulmones! —exclamó mi madre con admiración.

—Pero ¿tú has visto eso? —preguntó Ana.

—¿El qué?

Yo no había visto otra cosa que la transformación del sereno sireno a sonoro siluro.

—Nada, una mujer que iba corriendo como una loca y hemos tropezado —dijo Enrique señalando con la cabeza hacia lo lejos y cogiendo a Marcos en brazos.

—¡La del cuello de piel!, que me he fijado yo —dijo mi madre—. ¡Casi nos mata!

¿Cuántas veces le había oído decir aquello? Mi madre está a punto de casimorir del orden de cien veces al mes.

—Será que pierde el tren —deduje yo sin dejar de mirar al bebé, que no paraba de gritar.

Lloraba sin lágrimas. No sé si los bebés se las guardan para las cosas importantes. No sé bien cómo funciona eso, los bebés, las lágrimas.

ÉL

Para cuando nos sentamos en nuestros asientos, el tren ya estaba en marcha.

—¡Guau, ha sido increíble! —dijo mi madre abriéndose el abrigo y abanicándose, incapaz de rematar su entrada a lo James Bond con un poco de aplomo. En vez de ir a por un Martini, soltó—: ¡Y ahora, vamos a llamar a Blanca!

Cualquiera habría dicho que Blanca era embajadora de un país ignoto en misión especial en Toledo.

Mi madre sacó el móvil del bolso y llamó. Esperó, esperó y esperó.

—Nada, no contesta. —Y luego al contestador—: Blanca, que estoy con Pablito en el AVE. ¡Que vamos a verte! Anda, llámame en cuanto oigas este mensaje.

—¿Tiene wasap? —pregunté yo.

—Pues claro, Pablito —dijo mi madre. Y se puso a teclear frenéticamente. No hay adolescente que supere la velocidad de tecleo de mi madre, pero ella supera a todos en número de caracteres por mensaje. Mi madre no entiende de concisión.

Yo miraba por la ventana, pero la ventana no enmarcaba otro paisaje que yo mismo y el perfil de mi madre volcada sobre su móvil. Me sentía en una especie de triángulo de las Bermudas, atrapado entre mi madre, la comodidad de ese asiento y mi propio reflejo en el cristal, que ejercía sobre mí una hipnosis que nada tenía que ver con la vanidad. Si seguía mirándome en el cristal era por la curiosidad de saber a qué venía ese gesto de contrariedad, ese ceño fruncido, esa mirada tan poco aventurera, la mirada del explorador que se vuelve sin haber cruzado ninguna frontera, retenido en la aduana, antes siquiera de comenzar el viaje. A mi lado, mi madre era la otra cara de la moneda.

—Ya está —dijo exultante mi madre—. Le he dicho que vamos para allá, que ya estamos en el tren, pero que no se preocupe, que cogeremos un taxi a Zocodover. —Se ve que había abandonado la idea de «Siga a ese taxi»—. Y que luego vamos a la aventura. Bueno, a la aventura y con una misión, porque he pensado que ya sé lo que vamos a hacer.

Mi madre se coronó como reina de las pausas dramáticas con un silencio de veinte segundos acompañado de una mirada de intensidad cien que precedió a La Gran Revelación:

—Vamos a ir al Obrador de Santo Tomé a comprar pasta de mazapán para hacer sopa de almendras.

Me encantaba la sopa de almendras. Puede que fuera mi plato favorito del mundo. Aunque solo la tomábamos una vez al año, en Navidad. Puede que fuera por eso.

—Sopa de almendras —repetí.

Mi madre sonreía como si hubiera encontrado el sentido de la vida.

Apoyó la cabeza en mi hombro y dijo:

—Qué buena idea, Pablito.

ELLA

—Babababadú —decía mi madre. O algo así.

Hablaba con Marcos en un lenguaje incomprensible, pero lenguaje al fin y al cabo porque el caso es que lograba comunicarse con él como yo nunca lo había conseguido. El bebé la miraba, sonreía, atendía a las caras que ponía mi madre como si fuera lo único que hubiera en aquella estación abarrotada de viajeros, palmeras, maletas, prisas, heliconias, desgraciados, relojes y teléfonos. Con sus babababadús, mi madre había creado un universo para ellos dos que solo ellos dos entendían.

Me pregunté si alguna vez fue así conmigo.

Claro. Por supuesto que sí. Que no fuera capaz de recordarlo era prácticamente una prueba de que así había sido.

Me pregunté también en qué momento dejamos de entendernos. Porque la mayoría de las veces no la entendía, a ella, que me había dado la lengua, la lengua materna. Y ella tampoco me entendía a mí.

Hablábamos un idioma distinto con unas palabras semejantes. Sin duda, la distancia estaba en la sintaxis, en las reglas que usábamos para unir las palabras, para formar las oraciones, para expresar conceptos.

Sí, las palabras eran las mismas, pero esa sintaxis de mi madre que coordinaba una cosa con otra y con la de más allá, esa sintaxis abotargada, anulaba todo sentido. Y la mía… Con mi madre, contra mi madre, todo eran adversativas, y no era por gusto, ni por ganas de llevar la contraria, ni por deporte de tertuliano; era el único espacio que dejaba habitable por palabras que no fueran suyas. No era culpa de ninguna de las dos. Ninguna había previsto esta deriva solitaria de nuestra lengua, pero ahí estábamos, dos Voyager alejándose del sol en sentidos opuestos.

Y sin embargo, mi madre era capaz de «hablar» con aquel bebé como nadie. Hasta Ana lo decía.

—Mira cómo mira a tu madre.

Era como si ella poseyera un conocimiento primigenio que a nosotras nos hubieran arrebatado los estudios o vete tú a saber qué.

—No tengo tiempo ni para lavarme los dientes. ¿Te acuerdas de que, antes de que naciera Marcos, me hice adicta a las cuentas de mamás? No he leído ni un post desde que nació, ni he terminado de ver un *reel*. Esto es una locura. Bebé, bebé y bebé. Anda, cuéntame cosas del mundo real —me pidió Ana, mientras mi madre entretenía al bebé y Enrique miraba su móvil—. ¡Ostras! ¡Ahora que lo pienso! ¡Pero si no te he preguntado! ¿Cómo acabó lo de la entrevista? ¿Cuándo te dicen algo?

—Abandona toda esperanza —suspiré.

—No seas negativa —me soltó.

Gruñí por lo bajo. Odio que me digan eso.

ÉL

Blanca llamó. Que estaba en Santander; que había ido a ver a unos amigos; que cómo íbamos a Toledo sin avisar; que que lo hiciera ella, pase, pero su hermana, que es tan cuadriculada...; que si estaba bien (ella, mi madre, porque, superada cierta edad que mi madre jamás confesaría, en cuanto uno se desviaba unos grados de lo que los demás consideraban su comportamiento normal, le adjudicaban un cáncer); que si no tendría algo que contarle, que si hacía falta volvía de Santander enseguida... Y mi madre, algo desinflada por este imprevisto tan previsible: que no, que todo bien. Y, ya autorrecompuesta: que habíamos salido a la aventura!!!!!!! Así, con montones de exclamaciones. Si llega a estar wasapeando, le pone once flamencas.

Se notaba el poco espíritu aventurero de mi madre en que considerase eso, una salida en tren a Toledo, una aventura, y en el orgullo con que contaba cómo habíamos improvisado el viaje, y en la necesidad de dotar de un sentido a lo que consideraba nuestro «plan loco»: comprar pasta para hacer sopa de almendras.

A mí aquel paisaje invernal de encinas viejas, pájaros perdidos, atrapados en aquel invierno, nubes solitarias y terrones de barro fue sedándome poco a poco. Pasé de un cabreo sordo a un rencor mudo, porque lo peor de aquel estar enfadado con mi madre era que no tenía nada que reprocharle. ¿Qué podía echarle en cara? ¿La ausencia de Vicky en taquilla? ¿La ignorancia —ni sospecha— de mi madre de que pudiera querer ver a alguien más que a tía Blanca? ¿Su deseo de acompañarme? ¿Su jovialidad navideña? ¿Su pueril espíritu de aventura? ¿Su afición por la sopa de almendras?

Al fin y al cabo, mi comportamiento no era mucho más maduro que el suyo. Tenía que afrontarlo: Toledo era solo una estación de paso, una coartada, para ver a una mujer para la que tenía preparada otra coartada: la de tener algo que contarle, la historia increíble de una madre (otra) que apareció en una alfombra.

—Mamá. —Mi madre levantó un momento la vista del librito que había cogido para el viaje, *Biografía del silencio*—. ¿Tú alguna vez has conocido a alguien que haya llegado en una alfombra?

Mi madre levantó la cabeza del libro con una mueca que echó por tierra la última de las infiltraciones de antioxidantes rejuvenecedores antiedad, antiarrugas, antirradicales libres, Antiu Xixona.

—¿Cómo en una alfombra? ¿Como Ali Babá?

—Ali Babá no llegó en una alfombra.

—¿Ah, no?

—No, mamá. Ese fue Aladino, si es a eso a lo que te refieres. Pero no digo volando, digo alguien que haya viajado hasta su destino enrollado dentro de una alfombra.

—¿En plan clandestino? ¿Como colándose de contrabando? Eso sí que habría sido emocionante. ¿Te imaginas que lo hubiéramos hecho así? —dijo. Parecía una niña de siete años con peluca rubia y un cigarro de chocolate en los labios emulando a Marlene Dietrich—. Claro que nos habrían pillado en el control de equipajes. Y además las alfombras están llenas de ácaros. Ay, Pablito. Se te ocurre cada cosa… Pero no sé de qué me extraño. De pequeño ya te encantaba jugar a los espías. Te encerrabas en el armario…

—Me encerraban Elena e Inés.

—Es que de pequeñas eran la bomba.

«La bomba», dijo. Como en aquel remite.

¿Lo habría dicho intencionadamente?

—¿Por qué me lo preguntas? ¿Conoces tú a alguien que haya llegado en una alfombra? Ay, hijo, pero ¿con qué gente te juntas?

No, estaba claro que había sido una casualidad.

—Nada, mamá. Era una tontería.

—Bueno, pues ahora no me distraigas, que voy a meditar —dijo.

Su meditación silenciosa duró poco más de cincuenta segundos.

—¡Toledo! —exclamó de repente.

ELLA

Ana me había pedido que le contara cosas del «mundo real» y yo lo hice. Pero nada me pareció más real que aquel vómito que cayó sobre la espalda de mi madre cuando tenía a Marcos cogido en brazos.

—Ay, pobre —dijo mi madre, sin un gramo de asco o rencor en su entonación. Luego separó a Marcos de su cuerpo para mirarle cara a cara y decirle en voz cinco tonos más aguda—. Ahora ya estás mejor, ¿verdad que sí? ¿Verdad que sí, tú? Ti ti ti tiiiiii.

—Tiene cara de bebé —me salió en voz alta sin pensar.

—Claro, es un bebé —dijo Ana mirando con arrobo a su niño. Se le transformaba la cara entera al mirarlo y lo que más me fascinaba era cómo el niño parecía vivir ajeno a esa adoración.

—No, no —le expliqué—. Me refiero al tío que me entrevistó. No el jefe, el otro.

—¿El del baño?

—Lo dices así y parece que haya estado encerrada con él —me quejé.

Ana se rio.

—Vale, el de la cafetería. Pero ¿es guapo?

—¡Qué más da si es guapo! —protesté bajando la voz. No quería que mi madre se metiera en esta conversación—. Tiene cara de bebé —insistí.

Ana levantó las cejas.

—Lleva barba y eso.

—Eso no es muy de bebé —dijo Ana mirando a Marcos.

Mi madre seguía hipnotizando al bebé. Ahora jugaba a pasarle la mano por el tronco, como si sus dedos fueran un suave arado.

—Ya, pero es la expresión. O algo. No sé. No te lo sé explicar. Pero me he dado cuenta ahora, al mirar a Marcos.

El bebé me salvó de seguir intentando explicarlo porque se puso a reclamar a su madre. Mi madre se lo pasó a Ana, y allí estuvimos no sé cuánto tiempo, porque aquel niño parecía imantar los relojes, contemplándolo como un mesías, admirando los pliegues de su piel tras las rodillas, en las muñecas, oliendo su piel, soplando ese pelo fino y suave que le nacía en la nuca, escrutando esos ojos aún grises, un color de paso, juntando sus manitas retráctiles, admirando esas hechuras provisionales, también de paso, ese cuerpo —cruce de sapo, buda y muñeco— que tendía al pliegue, la excreción y el sueño mientras todo, en su órbita más próxima, tendía al diminutivo, la expansión y la pedorreta.

En ese momento, habría podido responder a la pregunta que no me hizo el *headhunter*: «¿Quieres ser madre?».

ÉL

—¿Y si cogemos el autobús?

Cuando mi madre lo propuso a la salida de la estación, pensé que igual me había equivocado con ella. Igual era una auténtica aventurera, dispuesta a todo —el roce, los robos, el contacto humano, los piojos (ella creía que los piojos viajaban en autobús)—, todo por una sopa de almendras.

—Como quieras, mamá.

—Ay, hijo —se quejó ella mientras abría la puerta del primer taxi de la parada—. No sé dónde vas a ir a parar con tan poca iniciativa. Más te vale pillar una buena mujer porque va a hacer de ti lo que quiera. —Y luego, cambiando el tono admonitorio por el de aventurera intrépida, indicó al taxista—. ¡A Zocodover!

—Por favor —pedí yo mientras me estiraba para cerrar la puerta del taxi.

—Eso.

Nada más bajarnos del taxi, mi madre señaló hacia el obrador.

—Mira, ahí está. Pero, primero, vamos a dar una vuelta.

Empezamos a callejear. Mi madre apoyada en mi brazo, sin abandonar aquella expresión de felicidad que se le había quedado pegada desde que decidió lanzarse a la aventura toledana.

Comenzó andando con brío, pero al poco ya estaba renqueando.

—¿No puedes andar más lento, hijo? —se quejaba mientras ascendíamos por otra calle empinada.

—Es que, mamá, solo a ti se te ocurre venir con tacones a Toledo.

Mi madre se estiró con la dignidad de una espada toledana.

—¿Qué pasa? ¿Que las mujeres toledanas no llevan tacones? ¡Pues si las toledanas llevan tacones, tu madre no va a ser menos!

Pero no tardamos tres calles en pararnos ante el escaparate de una zapatería.

—¿Has visto, hijo? Qué botines tan ideales. Y forrados de borreguillo. Tienen pinta de ser calentitos...

Mi madre y yo seguíamos cogidos del brazo ante el escaparate. Yo hice un tímido intento de dar un paso, pero reboté contra su abrigo. Ella permanecía incólume ante los botines marrones forrados de borreguillo. Planos, para más señas. Con una gruesa suela. Comparado con los tacones que llevaba mi madre, una especie de deportivo biplaza, aquello era un todoterreno.

—Oye, y no están nada caros —siguió diciendo—. ¡Mucho más baratos que en Madrid!

¿Por qué no lo decía? ¿Por qué teníamos que hacer ese paripé de «Yo no digo lo que quiero, pero tú lo adivinas y lo dices como si fuera tu deseo y entonces yo digo "no" y tú dices "sí", y seguimos *ad nauseam*, y al final cedo y digo "bueno" y por fin se hace lo que desde el primer momento yo deseaba»? En fin, allá fui:

—¿Sabes, mamá? Tenía pendiente comprarte el regalo de Navidad. De hecho, iba a comprártelo hoy. ¿Y si te los pruebas?

—Pero, hijo, ¿cómo te vas a gastar ese dinero?

—Pero si has dicho que no eran nada caros —respondí. La verdad es que yo aún no había mirado el precio.

—Sí, bueno. ¿Y la sorpresa?

Encima.

—Quita, quita —dijo—. No me compres nada.

—Pero, mamá, algo te iba a comprar. ¡Si me haces un favor probándotelos! Pero ¿no ves que no tengo tiempo y que odio ir de compras? Y justo hoy que pensaba comprarte el regalo...

—¿En Toledo? —preguntó mi madre en plan detective.

—Si, ¿por qué no? Blanca podría haberme ayudado a elegir un regalo para ti.

De repente, mi madre giró la cabeza. Donde antes, sometidos al escrutinio de sus ojos sombreados de gris, había un par de botines marrones, ahora estaban mis ojos grises.

—¡Pablo! ¡Cómo no me he dado cuenta antes! ¡Pero qué tooooonta soy! ¡Tú no has venido a Toledo a ver a Blanca! ¡Tú has quedado con alguien y te estoy chafando el plan! ¿A que sí?

Creo que me sonrojé. Mi madre siguió hablando como una metralleta:

—Claro. Si llegas a querer quedar con Blanca, la habrías llamado antes. Eso me lo contaste como excusa. ¡Pero hijo! ¡Que ya tienes edad para hacer lo que te dé la gana! ¡Que no tienes por qué darme explicaciones! ¡A ver! ¿Con quién has quedado?

La verdad es que para no tener que dar explicaciones, la pregunta sonó bastante inquisitiva.

—Mamá, de verdad que no he quedado con nadie...

Y, poco a poco, mientras le explicaba una y otra vez que simplemente me había dado por ahí, igual que a ella, por viajar a Toledo, la fui empujando a la zapatería —«El treinta y ocho, por favor», pidió sin dejar de discutir conmigo—, de la que salimos con los tacones en una bolsa —«¿No será una chica de Toledo?»— y los botines de borreguillo puestos —«Ay, Pablito, a ver si es un chico. No pasa nada si es un chico»—.

En la estación de Toledo, cuando ya el sol dio paso a las bombillas navideñas, después de todo un día de andar, y andar más, y comer, y entrar en dos iglesias y en cuatro tiendas, y en dos cafeterías, y en un restaurante; después de un día sintiendo el frío en la cara, el sol de invierno, la presión de nuestros brazos, el empedrado bajo nuestras gruesas suelas, los pies calentitos dentro de esos zapatos forrados de borreguillo, mi madre diagnosticó:

—Qué regalo de día.

Y tuve que darle la razón.

¿Sería que solo hacía falta alejarse unos kilómetros de casa para descubrir una nueva felicidad, una felicidad intensa, recia y seca como aquel frío? ¿Era eso todo lo que necesitábamos: un brazo en el que apoyarse y un sencillo cambio de escenario? ¿O sería la Navidad, o esa ciudad llena de piedras antiguas, de espadas, de conventos y mazapán, o esa promesa de sopa de almendras en forma de paquete rectangular? Si fuera así de fácil identificar las causas de aquella pequeña, redondeada felicidad... Si fuera tan sencillo: zapatos nuevos y sopa de almendras.

Cuando nos sentamos en el tren de vuelta, dejé la bolsa con los tacones y la otra bolsa con la pasta de almendras en el portaequipajes.

—Que no se nos olviden —me avisó mi madre.

—¿Sabes qué era lo que más me gustaba de los Reyes?

—La sopa de almendras.

—Además.

—Los regalos.

—No. Bueno. Pero tiene que ver con los regalos. Me encantaba que los Reyes nunca me dejaran zapatos. No podían dejar unos zapatos delante de otros zapatos. Habría sido rarísimo, ¿no? Calcetines, sí, claro. Eso tiene todo el sentido del mundo. Pero zapatos quedaba descartado.

—¿Tanto te habría molestado que te dejaran los Reyes unos zapatos? Pero si a ti te gustan los zapatos. Te encantan.

—Es que a mí lo que me gustaba era ir a comprar zapatos contigo. Por eso no quería que me los trajeran los Reyes.

—¡Pero si odias ir de compras!

—Sí, ahora. Ir solo. Pero, cuando era pequeño, me encantaba ir contigo a comprar zapatos.

—¿Por qué?

—Porque me llevabas solo a mí.

—¿No íbamos con tus hermanas?

—No. A comprar zapatos íbamos tú y yo solos.

—Como hoy.

—Como hoy.

ELLA

De pronto me di cuenta de lo tarde que era.

—¡Ana! Pero ¿no me habías dicho que habías quedado?

—Sí, pero con mi suegra —dijo bajando la voz para que no la oyera Enrique—. No tengas prisa.

Yo no tenía prisa. Me sentía como en una obra de teatro. Un pase privado en el que mi madre y Ana eran las actrices principales. Y el bebé. O no, el bebé era solo parte del atrezo. Y Enrique un actor secundario con afán de protagonismo. Sí, él quería ser uno de los principales, pero no había manera, ellas no le dejaban. Y yo..., yo era claramente el público, alguien llamado a asistir a ese espectáculo, a aplaudirlo o criticarlo (pero solo en voz baja), sin otro papel que el de ser testigo.

No me sentía mal. No pretendía hacer otra cosa. Me gusta ser público. Lo prefiero con mucho a subirme a un escenario. Apenas lo he hecho dos veces en mi vida, y una de ellas acabé llorando.

Como público no me importa llorar. Lloro a menudo viendo películas, oyendo canciones. Sé que no soy mala del todo por eso. Aunque luego están todas esas historias de generales hitlerianos amantes de la ópera. Pero yo no soy así. Soy buena. Creo.

Allí, en aquel pequeño teatro, no tenía ganas de llorar. Solo de sonreír.

—Me alegro mucho de verte, Mari Carmen —dijo Ana a mi madre—. De verdad.

En ese momento me sentí orgullosa de ella, como cuando era pequeña y venía a buscarme al colegio con el abrigo rojo.

—Tienes un hijo precioso —dijo mi madre.

—Tenemos —se defendió Enrique.

—Sí, sí, claro —dijo mi madre, como dando la razón a un loco.

En ese momento, tuve una visión. Lo vi con la clarividencia de una médium: en el brazo tierno del bebé un corazón tatuado junto a las letras «amor de madre». Mira, ya puestos, no sería tan descabellado hacerlo así, tatuar a los niños, igual que se hacen agujeros a las niñas para los pendientes, como si las lágrimas de los bebés pesaran menos que las de los adultos, como restando importancia a su dolor. Yo no sé cuántas lágrimas habrían vertido marineros y tabernarios mientras les tatuaban su «amor de madre». Dudo que sopesen las que sus madres lloraron por ellos.

Ana volvió a abrazar a mi madre. Luego me miró a mí y me dijo muy seria:

—No sabes lo que es una madre hasta que eres madre.

«O hasta que la sacas de una alfombra», pensé yo.

ÉL

—¿Qué? ¿De domingo pijamero? —me preguntó Inés cuando llegó a casa.

—Pero si me he vestido para bajar a comprar la prensa.

Inés puso los ojos en blanco.

—Si quieres, pongo el gramófono —se burló mi hermana. Me consideraba un viejo. No un viejoven, no. Directamente un viejales.

Mis padres iban a ir a comer al club con Adriana y mis sobrinos.

Por la tarde irían a ver al bebé a casa de Teresa.

—¿No vienes, hijo?

Mi madre acababa de calzarse las botas que compramos en Toledo. Aún le duraba la sonrisa de quien estrena zapatos.

—Seguro que Bruno y Julia están deseando verte. Me ha dicho Teresa que Bruno anda celosísimo con el bebé...

El bebé. Ese bebé que, a decir de mi madre, tanto se me parecía. Yo siempre había sido víctima de los parecidos, porque nada se parece más a un chico con gafas que otro chico con gafas, y nada se parece más a un chico con barba y gafas que otro chico con barba y gafas. Es como en aquel juego del *¿Quién es quién?* Hay rasgos —la barba, la calva, las gafas, las pecas, la pelirrojez— que nos uniformizan más que las batas de hospital. A mí, por la barba y las gafas, me habían sacado parecidos a cientos, pero nunca con un bebé imberbe que apenas abre los ojos unas pocas horas al día. ¿Seguiría pareciéndose a mí día tras día? ¿Se convertiría conforme creciera en mi álbum de fotos semoviente? ¿Desarrollaría mis pecas, mis dioptrías, mi querencia por pasar páginas, mi torpeza botando una pelota?

—Ya me gustaría, mamá. Pero no puedo. Tengo un montón de trabajo pendiente.

—¿En domingo? Este hombre abusa de ti —diagnosticó mi madre—. Bueno, no te preocupes. Ya te iré mandando fotos para que veas a los niños.

En cuanto mis padres salieron de casa, puse el móvil en silencio.

Pero, antes, volví a buscar a Victoria Grande Lagunas en Instagram. Lo seguía teniendo —no sé qué esperaba— en privado. Como yo.

ELLA

El domingo por la mañana acorralé a mi madre.

—Mamá, ¿por qué papá no quiere hablar conmigo? ¿Por qué no estás con él? ¿Qué está pasando?

Quizá pueda parecer fácil decirlo, pero, si pusiéramos cada pregunta que no hemos formulado en mi casa en un papelito de 10 × 2 centímetros, podríamos empapelar la Capilla Sixtina. De hecho, esas preguntas ocultaban La Gran Pregunta que no me atrevía a formular y que era: «¿Por qué sigues aquí, mamá?».

—Ay, hija. Ya te dije que no te preocuparas —me repitió una vez más.

«No te preocupes». «No te preocupes». «No te preocupes». ¿Por qué sonaba como una invitación a hacer lo contrario? Mi madre y su retórica de la negación. «No vengas, hija» en lugar de «Ven, por favor». «No hace falta» en lugar de «Me gustaría tanto». «Vete, vete» en lugar de «Quédate un ratito más». Un diccionario de antónimos convertido en diccionario de sinónimos. Una adivinanza en la que la solución era una ofensa.

—Si me contaras qué pasa, igual me preocuparía menos. Si papá se dignara a responder a mis llamadas, igual me preocuparía menos. Si me mandara un simple wasap, igual me preocuparía menos. Creo que tampoco es tanto pedir.

—Mira quién fue a hablar.

—¿Qué quieres decir?

—Doña Secretitos.

Intenté disimular mi inquietud. ¿Qué demonios había averiguado mi madre?

—¿Te crees que tu madre es tonta?

El segundo que tardó en desvelar lo que sabía se me hizo eterno.

—Te oí hablando con Ana. Algo de una entrevista de trabajo.

«Uf. Eso», pensé aliviada.

—¿No podías habérmelo contado? Ni que fuera algo malo... Pero ¿te han hecho ya la entrevista? ¿Te han dicho algo? ¿Para qué trabajo es? ¿Es algo de lo tuyo?

—¿Ves, mamá? Por eso no te lo había contado. Porque estás encima y me presionas y eso no ayuda. Cuando tenga algo que contarte, ya te lo contaré. Espero que tú y papá hagáis lo mismo.

—¿Qué quieres que le haga yo, si tu padre no me deja contártelo?

Mi madre, la que cree que sabe disimular, se llevó la mano a la boca.

—¿Contarme qué? —exploté.

Pero esta vez no esperé la respuesta que, total, iba a ser otra evasiva. Esta vez cogí el móvil de mi madre y llamé desde ahí a mi padre.

Y esta vez cogió el teléfono. Claro que no era a mí a quien esperaba encontrar al otro lado, como dejó claro aquel cansado «Diiime, Mari Carmen».

—No. Dime tú, papá.

Hubo un silencio, y luego un hipido. Y luego mi padre se echó a llorar.

ÉL

—¡Buenos días, Gloria! —dije mientras colgaba el abrigo, la bufanda y el paraguas—. ¡Igual nieva!

—Vaya, qué tempranero, Pablito —saludó ella sorprendida—. Por poco llegas antes que yo. Y tú no tienes llave, ¿no?

Yo negué con la cabeza. El jefe aún no había dado ese paso.

—¿Qué tal el fin de semana? —preguntó Gloria.

—¿Y tú? —le contesté.

Ella me miró sonriendo, y yo pensé en su móvil sonando en el bolso, haciéndome saber que también ella tenía una vida privada, seguramente más interesante que la mía, aunque, ¡ey!, mi vida no estaba tan mal.

—¡He estado en Toledo! —le dije sin poder aguantarme. Me temo que sonaba tan pueril como mi madre, un *boy scout* narrando sus peligrosas aventuras en una gincana preparada. Arañas de plástico colgadas de hilos de nailon transparentes.

—¿Ah, sí? —dijo Gloria con gran interés—. ¿Con quién?

Por un momento pensé en dármelas de misterioso, pero, en fin, para qué disimular: yo ni era misterioso ni podría parecerlo jamás.

—Con mi madre.

Gloria meneó la cabeza de lado a lado.

—Ay, Pablito, Pablito. ¿Qué vamos a hacer contigo?

Y entonces, habló el kamikaze que hay en mí:

—Darme el teléfono de Victoria Grande Lagunas.

—¡Lo sabía! —exclamó Gloria, y luego, súbitamente profesional—. Será para algo relacionado con el despacho, ¿verdad? Porque, si no, no te lo puedo dar. Sabes que está prohibido.

Ella y yo sabíamos que estábamos haciendo un paripé.

—Sí, sí, claro —dije sin disimular el disimulo.

Gloria se puso a buscar en el móvil.

En ese momento entró el jefe.

Nada más verme, me señaló con el paraguas.

—Contento me tienes, Pablito.

Gloria me miró intrigada.

—¡Es verdad! ¿No cenasteis juntos el viernes? ¿Y qué hiciste, Pablo? ¿Olvidaste las flores? ¿Te limpiaste con el mantel? ¿Tiraste el vino encima del vestido de la señora? —preguntó mientras escribía algo en el móvil.

Sonó mi teléfono. Era Gloria. Me mandaba un contacto nuevo.

—Nada —respondí a su pregunta—. No hice nada.

—Exacto —dijo el jefe con aire furibundo—. Nada. Luego hablaremos tú y yo.

Ya lo creo que hablamos. Bueno, en realidad, hablar habló el jefe. Después de tenerme una hora castigado ordenando tests, me hizo pasar a su despacho.

—Pablito, el amor está sobrevalorado. —Así comenzó la lección.

La clase siguió con un repaso antropológico a los matrimonios de conveniencia, su pervivencia en culturas no tan primitivas sino altamente eficaces como la japonesa y los disfraces bajo los que habíamos pretendido camuflar esta práctica milenaria.

—¿Qué ofrecemos nosotros, Pablito? —preguntó el jefe.

Pensé en decir «amor», pero sabía que el jefe se me reiría en la cara.

—¿La pervivencia de la especie? —dije intentado ponerme a la altura de su cinismo.

—Nosotros no, cretino. Digo nuestra empresa.

Esa me la sabía.

—Búsqueda e identificación del talento y del potencial directivo.

—Exactamente —dijo el jefe—. ¿Tú qué opinas? ¿Sé o no sé de potencial?

—Latín. Sabes latín, oh admirado jefe.

El jefe sonrió complacido ante mi osadía.

—Os he visto. A ti y a Carlota.

Mierda. Era eso.

—Los dos, grandes profesionales. Los dos, de buena familia. Los dos, jugadores de golf. Veo luna de miel en Nueva York, con parada para descansar en el Caribe. Veo tres niños preciosos. Rubios. Y subo a casa en La Moraleja. Bueno —se lo pensó mejor—, piso. Con piscina.

Yo fui a hablar, pero el jefe ni me dejó pronunciar la primera sílaba.

—No, no, no. No me vengas con excusas. Lo sé todo. No tienes novia. No tienes tiempo de buscarla, entre otras cosas porque no te lo doy. Te hago currar como un cabrón. Muchos días te llevas trabajo a casa. Te pones a ver tus series esas y a comentarlas en Twitter. —Lo que me hizo temer que el jefe tuviera una identidad que yo desconociera en X—. Te crees que algún día tendrás un encuentro con alguna tuitera ingeniosa, que resultará ser una tía muy sexy y algo loca, una mujer que no se parece en nada a tu madre, y que la conversación será chispeante, y solo de pensar en ella te pondrás cachondo como te ponías cuando tenías quince años y pensabas en... ¿En qué cantante pensabas tú, Pablito? Angelina Jolie es vieja para ti, ¿no? Y a todo ese cóctel de ingenio, cachondez y extravagancia lo querrás llamar «amor». Conozco a los que creéis tener un lado kamikaze, que dices tú. Pero desengáñate, Pablito. «Amor» es lo que siente tu madre por ti, y eso, que es lo que funda y mantiene la especie, porque si no fuera por eso, las madres asesinarían a sus bebés a la décima noche sin dormir y no te atrevas a interrumpirme porque no tienes ni puta idea de todo esto, y eso, digo, el amor de madre, no podrás arriesgarte a perderlo por otra mujer, esa mujer con la que sueñas inútilmente, esa tuitera loca que tu madre reprobaría. Y esa lección también tenías que haberla aprendido el viernes, en cuanto viste a la madre de Patri en casa. Uno nunca, ¿oyes bien?, jamás, puede arrancarse a una madre. Uno puede fingir desapego, lanzar alaridos, gritar y pegar un puñetazo sobre el mantel, hacer que ella se encoja en el otro extremo de la mesa, irse a vivir al otro lado del océano, pero nada más. ¿Un tatuaje? Se borra con láser. Pero una madre, Pablito, una madre es un ombligo, y nadie ha inventado ni inventará la forma de quitarlo. Y si no es su presencia, será su ausencia la que te hará inmensamente feliz o desgraciado.

Quién iba a llevarle la contraria, si la madre del jefe había fallecido hacía unos meses.

—Créeme, Pablito. Tu madre va a adorar a Carlota. Tú vas a adorar a Carlota. Y me haréis padrino de tu tercer hijo. Al tiempo.

Aproveché que el jefe parecía haber terminado su discurso para preguntarle:

—¿Así conociste a Patri?

—A nosotros no nos hizo falta, Pablito —dijo el jefe encendiéndose un cigarro—. Conocí a Patri en una cena. Su hermano había estudiado el máster conmigo. Nos presentaron. Supimos ver nuestros tres preciosos hijos sin necesidad de que nadie nos los vaticinase. No creas que todo ha sido siempre fácil. Hay cosas... Hubo cosas...

Me recordó a aquello que dijo sobre la candidata misteriosa. No sabía si él se estaba haciendo intencionadamente el misterioso o si realmente había algo que prefería no contarme.

—Pero todo está bien ahora. No puedes soñar con nada mejor. No.

El jefe lo decía todo con una sonrisa, pero a mí me parecía profundamente triste.

—Crees que sí, pero no. Me gustó eso de ti cuando te entrevisté por primera vez. Tu idealismo. Tú crees que un mundo mejor es posible. Un mundo ideal.

En mi cabeza sonó con música, como en la banda sonora de *Aladdín*. «Un mundo ideaaal».

Pero el jefe no estaba para cancioncillas.

—Tú quieres otro mundo, pero no hay más mundo que este.

«No hay más mundo que este», así dijo, y exhaló el humo de su cigarro, sabiendo que lo estropeaba un poco más, haciéndome ver su poder de contaminar este mundo imposible de cambiar, fuera de todo periodo de garantía, este mundo de rebajas, este traje de ceremonias que teníamos que comernos con patatas porque ya lo habíamos estrenado, y ya no tenía caso reclamar. Un mundo para apechugar con él. Lentejas. Si quieres las tomas y si no, también.

«Hay otros mundos, pero están en este», quise decirle. Pero no me acordaba de quién era esa cita.

—¿Y el misterio? —le recordé entonces.

El jefe frunció el ceño.

—Una vez dijiste que el misterio era necesario para el amor. Fue cuando entrevistamos a la candidata esa misteriosa.

—Mónica... —dijo el jefe, pronunciando las sílabas de aquel nombre lentamente—. ¿Dije eso? ¿Dije «para el amor»?

Y zanjó la conversación con una irónica sonrisa.

Pero yo... Yo tenía en el móvil un pasaje de nueve cifras para embarcarme en una nave espacial, el número de teléfono de Vicky Grande Lagunas. Quizá solo no hubiera más mundos que este para quienes no se atrevían a descubrirlos.

ELLA

Que mi abuela estuviera a punto de morirse no me había impresionado tanto como la incapacidad de mi padre para contármelo.

No quería. No podía. Por eso no cogía mis llamadas. Había prohibido a mi madre y a mi hermano que me lo dijeran. Podía imaginarme sus palabras: «Que no se entere la niña», pareciendo que me protegía cuando se estaba protegiendo él. Poniéndome a mí, su niña, de escudo ante el mayor miedo de todo niño: perder a sus padres. Y mi madre, siempre tan obediente. Y mi hermano, siempre tan lejos.

Yo era el último cortafuegos. Si la noticia llegaba a mí, se haría real. Mientras yo no lo supiera, la abuela seguiría viva.

Yo era una pata de conejo, un absurdo amuleto que yo misma me había cargado con aquella llamada desde el móvil de mi madre. Yo, que en mi ignorancia era la última llama de una hoguera que se extinguía, había irrumpido en aquella habitación donde mi abuela agonizaba con la impertinencia de un sonido electrónico y había dejado a mi padre soplando inútilmente sobre brasas. Cegado por el humo y la tristeza, con los ojos abrasados del picor de acercarse inútilmente, vigilando la intermitencia de unos rescoldos que ya nada, ningún tratamiento médico, podría reavivar.

Aun así, mi padre se aferraba a la superstición:

—No vengas, Vicky. No vengas. Que esto va para largo.

Y, en mi padre, ese «No vengas» no era, como en el caso de mi madre, una súplica para que acudiera. Era un «Mientras tú no estés, la abuela no se puede morir. Si vienes, es para verla morir, y eso no va a suceder».

Mi hermano también compartía conmigo las labores de talismán. Hacía tiempo que había sacado el billete para venir en Navidad desde Alemania. Mi padre le dijo que no adelantara el viaje. Llegaría dentro de tres días, tal como tenía previsto antes de que el médico dijera que «era cuestión de semanas, si no de días». Esto, claro está, me lo dijo mi hermano.

Desde que lo supe, no separé el móvil de mi mano. Por la noche, no quité el sonido.

Al día siguiente, no me despegué de él en todo el camino a la estación.

Estaba especialmente abarrotada. Se notaba que ya era víspera de Navidad. Había muchísima gente esperando.

Normalmente el jaleo hacía que me concentrara más en mi trabajo, pero durante toda la mañana no podía dejar de mirar el teléfono. Entre cliente y cliente, miraba compulsivamente el móvil. Abría los chats de wasap. Veía a qué hora había estado conectado mi padre por última vez. Comprobaba que no lo tenía en silencio. Subía el volumen. Lo bajaba para volverlo a subir.

Los papeles con los números de turno iban llenando la cestita junto al mostrador mientras mi buzón seguía vacío de noticias. Solo entonces entendí lo agradecida que debía estar a mi padre por no haberme dado la noticia antes.

Estaba atendiendo a una pareja mayor que quería un billete para Oviedo cuando sonó un aviso de wasap.

Dejé de teclear en el ordenador mientras balbuceaba una disculpa:

—Perdone, mi abuela...

Era de un número desconocido.

Hola, Vicky. Soy Pablo, de F&C...

Volví a mirar inmediatamente la pantalla del ordenador.

—¿Está bien tu abuela? —preguntó la mujer.

—Sí, sí. Perdón. Tienen uno con salida a las 11:05 o ya a las 14:40.

Les informé hasta del tren que salía a las 12:22 con destino a Valladolid, que podían enlazar con otro tren Alvia con destino a Oviedo y salida a las 15:52 y llegada a las 19:45.

—¿El de las tres menos veinte no llegaba también a las ocho menos cuarto?

—Sí —respondí.

La respuesta completa, la que no llegué a formular, era:

—Sí, pero mientras esté informándoles de combinaciones absurdas, no estaré mirando el móvil esperando un mensaje horrible de mi padre ni terminando de leer un mensaje donde me confirman que no he sido elegida para un trabajo mil veces mejor que este. Y, si por mí fuera, ahora mismo les diría cómo llegar a Oviedo pasando por Sevilla y Valencia, pero no se preocupen, que veo que no hace falta. Ya hay dieciocho nuevos turnos repartidos. Entonces ¿les saco el de las catorce cuarenta? De acuerdo. ¡Gracias! ¡Buen viaje!

Hubo dos clientes más. Una iba a Cádiz porque su hijo trabaja ahora ahí y, como se ha quedado viuda, en vez de venir el hijo a pasar la Navidad, va ella porque así no tienen que desplazarse todos, con los niños incluidos, que se cansan tanto en el viaje, y luego además es que mi nuera es muy comodona, que parece que ha nacido para marquesa. El otro era un señor que quería un billete para Barcelona-Sants y punto. Solía ser así. Ellas daban muchas más explicaciones que ellos. Me prometí a mí misma que yo no sería una mujer que diera explicaciones de más. Iba a hacer de la concreción y la pertinencia el lema de mi vida. Sí. Yo no sería como mi madre.

El siguiente turno le correspondía a una mujer rubia con aire misterioso. Llevaba uno de esos perfumes tan atosigantes que te hacen difícil respirar. Igual era eso, y no el misterio, lo que le daba a su voz ese aire susurrante. Igual sencillamente se estaba ahogando en su propio perfume.

Pero, además de dificultades respiratorias, también parecía tener otro problema.

—No sé adónde ir —dijo nada más dejar el papelito del turno en la cesta. Tenía las uñas perfectamente pintadas, impecables. Manicura francesa. Color cereza.

—Yo tampoco —le respondí.

Quería decir que yo tampoco sabía adónde quería ir ella, que no podía saberlo si ella no me lo decía, pero sonó a que yo misma tampoco sabía adónde ir. Y no sonó a trola.

La mujer rubia me miró seria, sin parpadear, y se dio la vuelta.

—¡Oiga! —la llamé.

Ella ni se volvió. Llevaba la melena ondulada y brillante como las actrices antiguas. Llevaba un abrigo sin una sola mota, unos tacones lustrosos. Llevaba también una carrera en la media, en la pierna derecha.

Me dije que, como no enfrentara mis asuntos, dentro de poco yo iba a acabar como esa mujer: autoasfixiada, errante, loca. Otra vez de vuelta a terapia.

Entonces dije que iba al baño, y leí entero aquel wasap.

ÉL

El excel que me había mandado hacer el jefe era claramente un castigo.

Pero lo haría, claro. No tenía nada mejor que hacer mientras esperaba que Vicky respondiera mi mensaje.

Se tomó su tiempo. Igual estaba trabajando. Igual no sabía qué contestar. Igual no tenía la menor intención de quedar. Igual era su novio quien había visto el mensaje y ahora estaban debatiendo sobre qué querría un tipo como yo, porque estaba claro que lo que le proponía no tenía nada que ver con el proceso de selección en el que estaba participando. Era lo primero que le había dicho.

Hola, Vicky. Soy Pablo, de F&C. Pero no te escribo de F&C. Espero que no te importe que utilice tu teléfono. Quería comentarte una cosa

Podía habérselo dicho directamente, pero prefería esperar a que me respondiera ella.

No sé. Igual estaba cerca de la oficina y podíamos quedar.

Igual —sí, mentiría si dijera que no lo barajé— pensaría que quedar conmigo podría favorecerla en el proceso de selección. No quería que quedara conmigo por eso. Pero quién no ha acabado genuinamente prendado de algo a lo que se acercó por razones interesadas. Yo empecé a estudiar violín porque mi abuela me daba propina si lo hacía. Quizá mi pensamiento no estaba tan lejos del pragmatismo pseudorromántico del jefe y sus matrimonios de conveniencia, pensé avergonzado.

Ella tardó casi treinta minutos en responder. Tenía como imagen de perfil un dibujo de Mafalda despeinada con cara de sueño.

Hola, Pablo. Coméntame

Diez minutos por palabra. Me sorprendió una respuesta tan tajante y concreta. No dejaba traslucir absolutamente nada sobre sus sentimientos. Si mi mensaje le había producido sorpresa, enfado o ilusión, era imposible saberlo. Me dejaba prácticamente sin margen de maniobra.

¿Estaba siendo borde o sencillamente estaba ocupada y era así de expeditiva? ¿Estaría durmiendo?

No es de trabajo. Pero tampoco
es que pretenda flirtear 😉

Y?

Definitivamente estaba siendo borde. Claro que ¿qué otra cosa podía decir? Lo mío había sido una *excusatio non petita, accusatio manifesta* como una catedral. Pasó un tiempo y ella seguía en línea pero no decía nada.

Es difícil de contar

Yo le estaba abriendo la puerta a la posibilidad de quedar. Había abierto las dos hojas de la puerta. Había extendido el brazo señalando el camino hacia una cita. Había hecho una reverencia para dejarla pasar.

Pero ella contestó, un rato después:

Inténtalo

Y entonces me di cuenta de que había mentido. No era nada difícil de contar. Era facilísimo.

He conocido a otra madre
que apareció en una alfombra

Y como me pareció que sonaba seco como un golpe, quise amortiguarlo extendiendo mi propia alfombra y escribí:

Quedamos y te lo explico mejor?

ELLA

Me encerré en uno de los cuartos de baño y respondí aquel misterioso mensaje según mi nuevo lema: concreción y pertinencia.

Hola, Pablo. Coméntame

Él no tardó en responderme: que no era un asunto de trabajo, cosa que ya me había quedado clara con su primer mensaje, y que tampoco pretendía ligar conmigo.

Pero tampoco pude pararme a pensar mucho en ello porque en ese momento, justo en ese momento, me entró otro mensaje. De Iker. Qué oportuno.

Tres semanas sin dar señales de vida, asumiendo por fin, al parecer, que solo me vería el ombligo si un día coincidíamos en la playa, y aparecía entonces, a esa hora de la mañana, desprovisto de la excusa de haberse tomado unas cervezas.

Te echo de menos

Y ya. Toma concreción. Toma impertinencia. Como si alguna vez me hubiera tenido.

Y?

No era una pregunta abierta. No esperaba respuesta. Era un «Me importa un pepino».

Enviar.

Mierda. Me había equivocado. Acababa de enviárselo a Pablo-de-F&C-pero-no-te-escribo-de-F&C. Definitivamente, cuando me escribiera como Pablo-de-F&C para hablarme de mi candidatura al puesto, el mensaje iba a ser un «no, gracias» como la copa de un pino.

Volví al chat de Iker. No llegaba ningún nuevo mensaje suyo, pero él tenía que estar viendo que yo estaba en línea.

Siempre había usado esa estrategia. Quedarse callado para dejar que yo hablara. Él sabía que yo tenía una inclinación genética a llenar los silencios. O igual no era una estrategia. Igual es que él tenía una inclinación genética al silencio. O que no sabía qué demonios decir.

Entonces entró otro mensaje de Pablo-de-F&C-pero-no-te-escribo-de-F&C.

Es difícil de contar

Me estaba empezando a poner nerviosa con tanto misterio. Si no hubiera estado tan ocupada amasando la rabia que tenía acumulada hacia Iker por ser tan insistente, si, en vez de eso, hubiera tenido la cabeza ocupada elucubrando posibles motivos para que Pablo-de-F&C-pero-no-te-escribo-de-F&C se pusiera en contacto conmigo...

Pero solo podía pensar en esa reaparición tan extemporánea. Una paloma apareciendo en la chistera de un mago ocho horas después del fin de la función, cuando el mago y todo el público que la esperaban duermen. Iker, ya te dije que no. No me pidas migajas. Nadie debería alimentarse de migajas.

Se lo había dicho claramente.

Pero él volvía. Y ahí seguía, en línea, en silencio.

Entró un mensaje de Pablo-de-F&C.

Ni lo leí, porque prácticamente al mismo tiempo entró un mensaje de Iker:

Ya veo que estás ocupada

Entonces sonó otro mensaje de Pablo.

Sí

Mierda.

Mierda. Mierda.

Lo había enviado a Pablo. Había dicho «sí» a no sé qué a Pablo.

Entonces, solo entonces, leí lo que ponía encima de mi escueto «Sí», lo que me decía aquel chico con barba y cara de bebé.

He conocido a otra madre
que apareció en una alfombra
Quedamos y te lo explico mejor?

Y «sí».

Yo dije:

Sí

ÉL

Bueno, pues ya está. Tenía una cita. Concretamos la hora y el sitio. En el Maricastaña. Lo propuso ella.

Llegué antes, como siempre. La vi llegar. Llevaba una bufanda roja y un gorro. Cuando se quitó el gorro, se le quedó el pelo alborotado. Lo pensé mientras se desabotonaba el abrigo y se sentaba enfrente. Era raro tener a una mujer con el pelo alborotado delante. Todas las candidatas venían perfectamente peinadas. En fin, aparte de mi hermana Inés (mi madre se cepillaba el pelo antes de salir del dormitorio), hacía tiempo que no tenía a una mujer despeinada delante.

Creo que sonreí sin querer porque ella me preguntó:

—¿Por qué sonríes?

También eso se me hizo raro. Los candidatos rara vez toman la iniciativa en las preguntas. Somos nosotros los dueños de los «¿Por qué?». Pero ni estábamos en el despacho ni ella me trataba como si su futuro laboral dependiera de mí. Daba la impresión de que había perdido toda esperanza de conseguir el trabajo.

Yo pedí una infusión rara. Ella se lo pensó un poco y acabó pidiendo otra y un trozo de tarta. Parecía nerviosa. Casi más nerviosa que en la entrevista, aunque de otra forma. Sentí la necesidad de contarle enseguida todo lo de la cena con el jefe, y la alfombra, y la madre de la mujer del jefe. Al fin y al cabo, para eso nos habíamos citado.

—Perdona, Vicky. Nunca he utilizado el teléfono de un candidato —lo dije así, en masculino— fuera de un proceso. Pero como hablamos luego... Y me contaste aquello de tu madre y la alfombra... Y luego... ¡Es que no me lo podía creer!

Fue extraño. Ella no me preguntó nada al respecto. No quiso saber. Cambió de tema al instante. Como con urgencia. Y yo que me había imaginado que estaría deseando saber más. Pero habló de otra cosa. De las infusiones, creo. Y de ahí, a las alergias. Y de ahí, a los gatos. Era como si no quisiera ni acercarse a aquella otra madre de aquella otra alfombra.

Lo intenté tres veces más. La cuarta vez, cuando dije la palabra alfombra, musitó un quedo y doliente «Déjalo, por favor». No me atreví a volver a sacar el tema. Estaba claro: no quería hablar de ello.

Como no hablamos del tema, hablamos de todo lo demás: de gatos; de piscinas; de fotos; de trabajo; de trenes; de dioptrías; de pastores alemanes; de series; del Hematocrítico, qué shock, el Hematocrítico; de niñas que descabezan muñecas; de niños que juegan con muñecas; de zapatillas; de pódcasts; de hermanas; de hermanos; del olor a Reflex; del olor a Vicks Vaporub... No sé cómo llegamos ahí.

Cuando llegué a casa, Inés me preguntó:

—¿Por qué sonríes?

ELLA

—Perdona, mamá. Hoy no cenaré. No tengo hambre —dije nada más entrar en casa, y le di un beso.

—Hija, podrías haber avisado.

—Lo siento. ¿Sabías que el Vicks Vaporub puede servir para quitar los hongos de los pies?

—Ah, pues no. Ya me habría venido bien saberlo. ¿Te acuerdas de cuando tu padre tuvo hongos? Creo que los cogió en la piscina. Para una vez que va... Mira que es más de río. Fue el año que cambiaron a los del chiringuito. Lo cogió la pareja aquella...

Yo me dejé mecer por esa corriente de palabras incapaces de despertar el menor recuerdo, sin enterarme mucho de lo que contaba. De pronto, mi madre me miró y me preguntó:

—¿Por qué sonríes? No me digas que te caía bien. ¡Pero si era más rara que un gato verde!

2

NOCHEVIEJA

CAMINO

Pablo conducía con la espalda despegada del asiento, proyectado hacia delante, aferrado al volante como un capitán al timón en medio de una tormenta. Tormenta no había. Lluvia y oscuridad, sí.

—¿No sería mejor que fueran más rápido? —preguntó Vicky.

—¿El qué? ¿Los limpia?

Vicky se tapó la boca con la mano.

—¡Uy, perdón! Soy una pesada, ¿verdad? No eres el primero que me dice que soy mala copiloto.

Pablo sonrió.

—Yo no he dicho que fueras mala copiloto.

Vicky estiró las piernas.

—Es que hay gente que se molesta muchísimo si les dices cualquier cosa de cómo conducen.

—Hago de chófer de mi madre. Nada puede molestarme —dijo Pablo, y subió la velocidad de los limpiaparabrisas.

Uno de ellos chirriaba, como si la escobilla estuviera defectuosa.

—¿Lo ves? Es un rollo. Como lo teníamos antes, iban demasiado lentos, y así, van demasiado deprisa.

—Lo comprendo —dijo Vicky—. Calzo un treinta y ocho y medio.

—¿Sí? —se extrañó Pablo—. Te hacía un pie más pequeño.

A Vicky le sorprendió que Pablo se hubiera hecho siquiera una idea de qué pie podría calzar. De pronto se preguntó si no estaría metida en un coche con un psicópata fetichista.

Repasó mentalmente las tres veces que se habían visto.

La primera, el día de la entrevista de trabajo, llevaba unos tacones altos negros muy normalitos. No eran los tacones donde uno sueña con beber champán; eran los zapatos de las entrevistas y los funerales.

La segunda, cuando se encontraron casualmente en Atocha —él con las flores, ella con la prisa de ir al baño—, llevaba los horrendos zapatos de cordones del uniforme.

La tercera, el día que quedaron por culpa de aquel wasap con destinatario equivocado que no se atrevió a corregir, llevaba unas botas negras con tacón. Hacía un frío que pelaba, recordó, y aquellas botas forradas que le regaló su madre por Reyes hacía dos inviernos eran muy abrigadas. Eran las mismas que llevaba ahora puestas y, sí, quizá aquellas botas sí que podían dar el pego para un fetichista... hasta que abriera la cremallera y descubriera el forro de borreguillo. «La seducción está reñida con el calorcito», pensó Vicky recordando el resfriado que cogió cuando estrenó aquel camisón de encaje negro estando con Rodri. Ese pensamiento la tranquilizó, porque al pueblo no se había llevado ningún camisón de seda y encaje, sino que confiaba en ponerse el pijama de Carrefour de franela y bolisas (las bolisas eran un adorno añadido por el tiempo) que guardaba en el armario de la casa del pueblo. Ese pijama era la prueba de que realmente no esperaba nada con aquel niño bueno. Tampoco él esperaba nada con ella.

Esas habían sido las condiciones.

Después de aquella cita equivocada, después de aquel sentirse tan a gusto, se habían estado mandando wasaps todos los días. «Sin flirteos», había sido la frase más repetida, seguida de unas risas. La primera en usarla fue Vicky. Se burlaba de aquella frase de Pablo, cuando le escribió «No es de trabajo. Pero tampoco es que pretenda flirtear».

Pablo a veces contraatacaba con un «sin presiones». Lo hacía de broma, pero, cada vez que lo escribía, Vicky recordaba que Pablo era, además de un hombre con cara de bebé, una de las personas que valoraba su candidatura en un proceso de selección. Por mucho que se identificara con aquel «Soy Pablo de F&C. Pero no te escribo de F&C».

Pablo se había quedado solo en Nochevieja. Su hermana Inés iba a una casa rural con sus amigos. Sus padres iban a Viena y sus hermanas mayores cenaban con sus familias políticas.

Los amigos de Pablo estaban todos fuera, tenían compromisos familiares o parejas recién estrenadas.

—Es como si de repente hubieran puesto en marcha un cronómetro. Una cuenta atrás. Como si se les acabara el tiempo. Lo de este año ha sido una plaga.

—¿Y tú? —le había preguntado Vicky—. Sin flirtear —añadió.

—Yo… —Pablo había quedado una vez más con Carlota por insistencia del jefe. La pseudocita había sido tan emocionante como una carrera de caracoles, pero «si lo dice mi jefe»… Él, el jefe, había conseguido que la mirara como a la posible madre de sus hijos, su posible socia en la empresa Familia S. L.—. Bueno, tengo un inicio de una posible pareja —confesó Pablo en un wasap—. Pero mi inicio de posible pareja pasa la Nochevieja en la nieve —siguió. Y entonces se sintió obligado a aclarar—: Además, que no, que no tengo pareja… —y justo antes de darle a enviar añadió un— … ahora.

—¡Estás flirteando! —respondió Vicky.

—No —dijo Pablo—. Estoy diciéndote que soy un hombre con un pasado y con un posible futuro.

—Dime de qué presumes…

—*Accusatio manifesta.*

Vicky tendía a los refranes y Pablo, al latín. Pero cuando Pablo le contó a Vicky que seguramente pasaría la Nochevieja solo, y ella dijo «Más vale solo que mal acompañado», él no respondió «Amén».

Y luego vino lo de que el hermano de Vicky había vuelto de Alemania y lo de que iba a llevarse a su madre al pueblo pronto, para ir preparando la cena, pero que a ella le habían puesto el maldito turno de tarde, y que no podría salir hasta las ocho, y que a esa hora ya no le daba tiempo a coger un autobús, porque luego no había forma de coger otro al pueblo, y que había buscado en vano un blablacar, pero a esas horas... Pero de ninguna forma quería dejar de estar ahí porque su abuela...

Y Pablo llenó los puntos suspensivos de Vicky con un kamikaze:

—Te llevo.

Vicky se quedó en silencio. Y Pablo tuvo que añadir una vez más un:

—Sin flirteos. —Y añadió—: Tómatelo como un blablacar.

—Pero a ti no se te ha perdido nada en ningún pueblo perdido de Teruel.

A lo que Pablo contestó:

—¿Mala compañía? ¿Doce uvas?

—Ah, pero... ¿Te quedarías? ¿A dormir? —preguntó Vicky genuinamente sorprendida.

Pablo tardó un rato en responder, avergonzado de su propia osadía, viendo las costuras de su propio disfraz de kamikaze.

—Bueno... No sé... Igual no hay sitio...

—No, si... Sitio hay. A ver, es una casa de pueblo. Antigua. No esperes gran cosa. Pero igual en el cuartito de abajo...

—Perdona. No quiero ser una molestia. Yo solo quería llevarte. Ser tu blablacar.

—No, ya... Pero, claro, ¿qué vas a hacer? ¿Llevarme y volverte solo de noche? Qué menos que pases la Nochevieja acompañado...

Se hizo un incómodo silencio, hasta que Vicky encontró las palabras mágicas para restaurar la complicidad, su pequeño y recién estrenado lenguaje común.

—¿Sin flirteos? —preguntó junto con una carita sonriente.

—Sin flirteos, pero con champán —sonrió de vuelta Pablo.

—Tendrá que ser cava.

Y entonces, sí, Pablo dijo:

—Amén.

Y ahí estaban ahora, a las diez de la noche, en algún punto de la carretera Cuenca-Tragacete, un grado bajo cero en el exterior, el aire caliente desempañando los cristales, los limpiaparabrisas yendo a ratos demasiado lento, a ratos demasiado rápido, unos pies cociéndose dentro de unas botas forradas de borreguillo, y, en el maletero, unas cadenas, unos triángulos de seguridad, dos chalecos reflectantes, una maleta de fin de semana y una bolsa de deporte. Detrás del asiento del piloto, tumbadas en el suelo, dos cajas de champán Veuve Clicquot Vintage Blanc.

Pablo se había tirado días montando una lista de música para el viaje que no fuera demasiado sosa, ni demasiado obvia, ni demasiado arriesgada, ni demasiado pretenciosa... Una lista de canciones personales, mejor en inglés o instrumentales, a ver si de repente iba a oírse en medio de un silencio la letra de una canción diciendo «Se me hace largo el viaje para esta conversación. No quisiera molestarte, pero quería gritarte: "Me duele el pecho de amor"» y entonces qué.

Llamó a la lista «Sin flirteos». Ahora sonaba *Last Christmas* porque la lista tampoco tenía que ser demasiado romántica, claro, pero sí algo navideña, y cómo no iba a incluir esa canción. Doce canciones después, le tocaría el turno a *All I Want for Christmas Is You*. Y, minutos después, si nada se torcía, pasarían por ahí los «marineros, soldados, solteros, casados» de *Un año más*, una excepción a su criterio de no incluir música española. Pero cómo no escucharla ese día, «cinco [o cincuenta] minutos antes de la cuenta atrás».

Vicky llevaba dos días arrepentida.

—¿No es rarísimo que se quede a dormir? —preguntó a Sandra.

—Rarísimo. Pero ¿qué no es raro?

—¿De qué vamos a hablar? Es un viaje larguísimo.

—Pues chica. Del tiempo, del trabajo...

—Del trabajo, no. ¿No ves que aún no ha terminado el proceso? Me está haciendo un favor llevándome.

—No —le cortó Sandra—. Tú le estás haciendo un favor invitándole a tu cena familiar. Es como lo de «Siente a un pobre en su mesa», pero al revés. Aunque, qué quieres que te diga, este quiere algo contigo como que me llamo Sandra. Y no me refiero a darte trabajo. ¿Y no es lo más emocionante (emocionante bien, digo) que te ha pasado en meses? ¡Disfruta del *picorsito*!

Vicky supo que sería inútil intentar convencerla de lo contrario. Pero ¿tan difícil era creer que no tenía ninguna otra intención?

—¡Álex!

—¿Qué pasa con Álex?

—Tu amigo Álex. ¿No te quedaste a dormir en su casa cuando fuiste a León?

—Sí, claro.

—Pues lo mismo. ¿Te acostaste con él? ¿Tienes alguna aspiración romántica con él?

Sandra se rio.

—¡Álex es gay!

—Igual Pablo es gay.

—Seguro.

Hasta que llegó el día de Nochevieja, Vicky rellenó un archivo mental completo con ejemplos de hombres y mujeres que mantienen una relación ajena a cualquier pulsión sexual o romántica. En la vida real encontró un montón.

En la vida real, lo habitual, ante una ilusión romántica, era el chasco.

En las novelas y películas, sin embargo, sucedía al revés. Al final concluyó que todo era culpa de la ficción, y de esa perversión humana de intentar imitarla. Ella, que había nacido para imitar la vida.

«Es que es de locos. Intentar que la vida se parezca a la ficción, como el Quijote», se dijo. «Como avanzar por una carretera en sentido contrario».

Por la carretera Cuenca-Tragacete, nadie avanzaba en sentido contrario. Tampoco en sentido propio.

Parecían los únicos habitantes del planeta.

—No nevará, ¿verdad? —preguntó Vicky.

—Espero que no —respondió Pablo—, aunque con esta temperatura...

—No te asustes cuando llegues —dijo Vicky.

—Me lo has dicho ya tres veces —repuso Pablo—. Al final me vas a asustar.

—Las familias son cotos privados, ya sabes. Ni mejores ni peores unas que otras. Hacen de lo propio lo bueno.

—Entonces yo, que soy extraño, ¿soy automáticamente malo? —dudó Pablo.

—No, mientras no intentes entrar en la familia —dijo Vicky, y al momento se arrepintió, pensando si aquello no sonaría como una invitación a hacerlo. Ya esperaba un «sin flirteos», pero Pablo no se lo tomó así.

—Claro —dijo asintiendo—. Eso explica lo de los cuñados, y los yernos, y las nueras... Gentuza que intenta formar parte de ese coto privado.

—Exacto —apuntó Vicky—. Pero tú solo eres un perfecto forastero. Como un reportero del National Geographic. Alguien que solo va a mirar. Cuanto menos interactúes, mejor.

—¿Mejor para quién? —preguntó Pablo, y se giró sonriente para mirar a Vicky.

—¡No me mires! ¡La carretera!

Pablo no contestó.

Pero siguió sonriendo, mirando al frente.

Era una noche oscura, fría, lluviosa, la típica noche prenavideña en la que madres de toda la península giran la muñeca varias veces por minuto para mirar el reloj, y algunas se encuentran con que hace tiempo que no lo llevan, y entonces se calzan las gafas que llevan colgando y miran la hora en el teléfono, cuya pantalla aún sigue iluminada porque no hace ni quince segundos que consultaron la hora. Y entonces comentan: «Llamaría para ver por dónde van, pero no quiero distraerle», y entonces otro hijo dice: «Pero, mamá, si tiene manos libres», y ella responde: «Da igual. Se distrae igual», aunque en el fondo sabe que no llama porque teme que justo en ese momento esté en una zona sin cobertura y no puede soportar que los pitidos de la llamada no desemboquen en un cansino «Sí, mamá».

Durante un minuto escucharon la fricción de la escobilla remolona sobre el cristal. Sonaba desacompasada sobre una de aquellas canciones que Pablo había seleccionado cuidadosamente.

—Tranquila —dijo Pablo—. No creo que tu familia pueda siquiera sorprenderme. He visto de todo. En el trabajo vemos de todo. Creo que es lo que más me gusta de mi trabajo. Y de ir en coche.

—¿Cómo que de ir en coche?

—Sí, desde pequeño me he peleado con mis hermanas por ir pegado a la ventanilla. Me gustaba cuando nos parábamos en un semáforo o en un atasco. Miraba al coche que se detenía al lado. Me imaginaba las vidas de la gente. Sus conversaciones.

—Bueno, eso también se puede hacer en el metro —dijo Vicky—. A mí me encanta hacerlo en el metro. Me encanta cuando mi vagón coincide con otro en una estación. En realidad, estamos tan cerca...

—Y tan lejos —terminó de decir Pablo.

Y de repente pareció que el hueco entre los dos, aquel donde estaba el freno de mano, era un larguísimo puente sobre el río Duero.

—En mi trabajo también veo de todo, no te creas —dijo Vicky—. En mi actual trabajo.

—¡Eh! ¡Sin presiones!

Esta vez Vicky sonrió. Lo había dicho a propósito. Sabía que esa iba a ser la respuesta de él.

—¿Quién no ha pasado por Atocha alguna vez? —continuó diciendo—. Príncipes y mendigos.

—Alguno habrá —dijo Pablo.

—Bueno, ya me entiendes.

Pablo sí la entendía. Entendía que por Atocha pasaban echadoras de cartas, camareros, vendedores de cremas del mar Muerto, gatos en trasportín, policías, carteristas, operarios, ejecutivos que cogían el AVE, su madre, él, Vicky, la farmacéutica, el aparcacoches, el senador, el escritor que se hacía un selfi con las plantas, la peluquera, el vagabundo, el niño cogido de la mano de su abuelo, la joven enferma, el malabarista, el maltratador... Solo unos pocos de aquellos podían pasar por las oficinas de F&C.

Ya nadie circulaba a esas horas por aquella carretera. No podían inventar otras vidas que las suyas. El país entero estaba cenando en torno a una televisión o acostándose sobre cartones.

—A ver —retomó la conversación Vicky—. Que mi familia no creo que sea más peculiar que otra familia cualquiera.

—Me alegro. Eso quiere decir que sois felices.

—¿Y tú cómo lo sabes?

—No tengo ni idea. Pero eso decía Tolstói: «Todas las familias felices se parecen. Las desgraciadas lo son cada una a su manera». O algo así.

Vicky se quedó pensando. Tenía mucho que pensar. Podía pensar en que un hombre con barba y cara de bebé que citaba a Tolstói y que podía decidir su futuro laboral la estaba llevando a la casa familiar donde estaba muriendo su abuela. Ahí tenía un gran tema. Otro tema era si su familia era feliz.

—¿Te importa hablarme de ellos? Soy muy malo con los nombres. Así voy practicando.

Y Vicky le habló de su madre, Mari Carmen, la que llegó en una alfombra, la que sentía un dolor aquí, la mujer viscoelástica, la auténtica inventora de la teoría de los seis grados, capaz de conectar a Obama con tu vecina del quinto, la lectora de esquelas, la pesadilla de la Academia de las Frases Hechas, si la hubiera, la coleccionista de zapatos ortopédicos, la mujer que cosía y cantaba, roncaba y callaba, la fan de Valverde.

—No serás del Barça, ¿verdad? —dijo de pronto preocupada Vicky—. Es que es un tema que no se puede ni tocar. Mi madre se pone histérica.

—Tranquila —contestó Pablo sin despegar los ojos de la carretera.

Luego Vicky le habló de su hermano Jorge, al que desde hace unos años, desde que encontrara trabajo como ingeniero en Alemania, llamaban Jürgen.

—Él sí sabe lo nuestro.

—Sin flirteos —dijo Pablo.

—Digo, lo de que mi futuro depende de ti, mi futuro laboral —explicó Vicky con intención.

—Sin presiones —respondió Pablo, tal como esperaba Vicky.

—Está bien. ¡Pero recuerda que mi madre no sabe nada de nada!

—Pero sabe que me quedo a cenar y a dormir, ¿no? —dijo Pablo asustado. Se veía pasando la noche en el coche.

—Mmm... Digamos que formas parte de un nuevo plan de entrenamiento. Mi madre está demasiado acostumbrada a recibir explicaciones y yo estoy demasiado acostumbrada a dárselas.

—¡Entonces no le has dicho nada!

Pablo quitó la música.

—Le he dicho que me traería alguien, que le caía de paso.

—¿De paso adónde?

—A Barcelona. ¡Es que me prometí a mí misma no darle explicaciones, pero no lo puedo evitar! Pero solo le dije que hicieran la cama en el cuarto de abajo, que te quedarías a cenar y a dormir porque se te hacía muy tarde para llegar a Barcelona este año.

—¿Y no te ha preguntado quién soy?

—No pudo porque le dije que me quedaba sin batería y colgué. Seguro que a mi hermano le ha hecho un tercer grado sobre ti. A Jorge le dije que le contara que eras el nuevo novio de Sandra. Sandra es una amiga mía que vive en Barcelona.

—La verdad es que has bordado lo de no dar explicaciones... —dijo Pablo.

Vicky meneó la cabeza:

—Es que no sabes cómo es mi madre —se defendió—. En cualquier caso, lo último que debe saber es que tienes algo que ver con un posible trabajo. ¡Ni siquiera sabe que estoy presentándome a entrevistas!

—¿Entrevistas? —preguntó Pablo—. ¿Varias entrevistas?

Vicky giró la cabeza para mirarlo.

—¿Celoso?

La cara de Pablo en ese momento no era la de un hombre celoso; era la de un hombre aterrado, un hombre que no tiene tiempo de ver pasar ni una sola escena de su infancia, un hombre que tiene el tiempo justo de mandar una orden desde su cerebro, bajando por toda la espina dorsal, directa hacia el ligamento peroneo-astragalino posterior para pisar con todas sus fuerzas el freno.

El coche se desplazó violentamente a la derecha. Los dos cinturones se tensaron. Vicky chilló. Se oyó ruido de cristales.

El coche se detuvo. El mundo se detuvo. El tiempo se detuvo.

Todo se detuvo, excepto los limpiaparabrisas sobre la luna.

El ronroneo del motor acompañaba al sonido de los limpiaparabrisas y al de las gotas cayendo metálicas contra el capó, cristalinas contra el parabrisas, asfálticas contra el cemento. Ris, ras, ris, ras. Los limpiaparabrisas seguían impasibles con aquella tarea inútil, mejorar la visibilidad de un conductor que ahora no conducía, como marca el ritmo un metrónomo para un pianista ausente, como marcan las horas los relojes cuando nadie los ve.

Pero allí sí había alguien contemplando hipnotizada la trayectoria de los limpiaparabrisas.

—¿Vicky? ¿Vicky? ¿Vicky? —dijo Pablo.

Silencio.

Motor, limpiaparabrisas, gotas.

Pablo se desabrochó el cinturón, abrió la puerta y desapareció unos segundos en la noche.

La puerta del conductor quedó abierta. El coche parado, las luces iluminando el suicidio de las gotas contra el suelo, el vaho saliendo del coche, del asfalto, los pinos negros engullendo la carretera negra.

Y, de repente, la puerta del copiloto se abre y una mano aprieta el hombro de Vicky, que por fin reacciona y grita:

—¡Aaaaaaaaah!

—¿Estás bien, Vicky? ¿Estás bien?

Vicky no dejaba de gritar.

—Soy yo, soy yo... Soy Pablo...

Pablo se agachó y metió medio cuerpo en el coche para abrazar a Vicky. Ella lloraba.

—¿Estás bien? ¿Estás bien? ¿Dónde te duele?

Vicky seguía llorando. Pablo intentaba abrazarla, pero era difícil. No había abierto la puerta del todo y se le vencía contra su cuerpo. Tenía las gafas empañadas y llenas de gotas. De pronto, oyó un clic y sintió que Vicky intentaba desembarazarse de su abrazo. Se echó hacia atrás. Vicky se había soltado el cinturón y quería salir del coche.

—Pero ¿qué has hecho? —le gritó aún llorosa nada más salir del coche—. ¡Casi nos matamos!

Pablo la abrazó.

—¡Que no me abraces, tío! ¡Que casi me matas! —gritó Vicky.

—Ya lo sé, ya lo sé... —murmuró Pablo aferrándose a Vicky mientras ella seguía con los brazos caídos.

Y entonces Vicky se dio cuenta de que Pablo estaba llorando y que posiblemente, si no estuviera abrazándola, se caería al suelo, porque sentía todo su peso sobre los hombros.

—¿Estás bien? —preguntó Vicky más calmada, sin devolver el abrazo.

—Era un monstruo. ¿Lo has visto? —balbuceó Pablo aún aferrado a la espalda de Vicky—. Era inmenso. Una mole gigante.

Vicky no sabía qué hacer con los brazos, si rodear con ellos la espalda de Pablo o mantenerlos caídos. Le dolía el hombro derecho y el cuello.

Pablo respiraba ruidosamente.

—Parecía..., parecía... Era como una criatura prehistórica —susurró—. Y me ha mirado a los ojos. Te lo juro, Vicky.

Vicky subió el brazo derecho y le dio unas palmaditas en la espalda. La lluvia la estaba despejando de golpe. Pero Pablo aún parecía lejos de estar calmado.

—Giró la cabeza y... y... me miró a los ojos. Fue como si..., como si..., como si me contemplaran cien siglos.

Vicky miró de reojo a Pablo. Se le dibujó una sonrisa. Poco a poco. Hasta que ya le dio un ataque de risa.

—¡Cien siglos! ¡Ay, madre! ¡¡Cien siglos!! ¡¡Jajaja!!

Pablo se separó un poco de Vicky. No entendía qué le hacía tanta gracia.

Vicky contempló los escasos treinta años de Pablo, sus gafas llenas de gotitas, su pelo empapado. Al bicho no lo había visto. En el momento del frenazo, estaba mirando a Pablo. Pero a juzgar por la descripción de Pablo y por las historias que contaba cualquier conductor nocturno que hubiera cruzado el Parque Natural de la Serranía de Cuenca, tenía claro de qué se trataba.

—Perdona, Pablo —dijo Vicky riendo. Aquella risa, exagerada, inmerecida, renovable, era una forma de liberar tensión tras el susto. Al ver la cara de estupor de Pablo, se sintió obligada a dar una explicación —. No, si longevos son. Creo. Algo menos que las tortugas. —Y volvió a reírse sola—. ¡Pero tanto como cien siglos de jabalí...!

—¿Jabalí? —preguntó confuso Pablo.

—Claro que también podría ser un corzo o un ciervo —explicó Vicky—. Pero tu descripción me encaja más con un jabalí. «Una criatura prehistórica» —dijo imitando la voz asustada de Pablo y sin poder parar de reír—. ¡Ay, perdona! «Como si me contemplaran cien siglos...». ¡Jajaja!

Pablo soltó una risilla nerviosa. Era lo que le faltaba a Vicky para terminar de dar rienda suelta a aquel festival del humor.

—Sí, sí. Tuvo que ser un jabalí. De un ciervo habrías dicho que era..., que era... —Y con voz engolada remató—: «Una criatura del bosque que clavó su mirada tierna en mí atravesando una a una todas las dioptrías de mis gafas hasta llegar a lo más profundo de mi alma».

Vicky no podía parar de reír. Pablo empezaba a volver en sí.

—Te estás quedando conmigo.

—Pues claro. ¿Qué quieres? «Una mole inmensa. Una criatura prehistórica...» —dijo Vicky volviendo a imitar la voz de Pablo.

—Yo no he dicho eso.

—Sí que lo has dicho.

—No lo he dicho.

Vicky se frotó el hombro.

—Tú tienes estrés postraumático y no te acuerdas.

—¡Eh!, que tú estabas llorando y diciendo que casi nos habíamos matado. ¡Y ni han saltado los airbags!

—¿No han saltado los airbags?

Pablo se agachó a mirar dentro del coche por el asiento del copiloto.

—Me estoy mojando —anunció Vicky.

—Y yo —dijo Pablo incorporándose.

—Y estamos parados en medio de la carretera —añadió Vicky.

Intentaban adivinarse la mirada en medio de aquella penumbra, felices de estar vivos.

—No deberíamos quedarnos aquí —dijo Pablo—. Es peligroso.

—Sí, estamos al alcance de cualquier criatura prehistórica.

Y se metió en el coche muerta de la risa.

Nada más entrar puso las luces de emergencia y luego extendió las heladas manos hacia las salidas de aire caliente.

Pablo se quedó fuera. No entraba.

Vicky se inclinó sobre el bolso que había dejado entre las piernas. Quería buscar el móvil. Lo había guardado en cuanto se quedó sin cobertura y dejó de recibir mensajes bobos de felicitación.

Al ver que Pablo no volvía, dejó de rebuscar y dio unos golpecitos en el cristal. Pablo no se movió.

Lo adivinaba en la oscuridad.

Vicky apretó el botón para bajar la ventanilla y asomó la cabeza mirando hacia arriba:

—Pablo, ¿estás bien? ¿No subes?

Pablo se giró hacia ella y exhaló una nube de vaho y palabras:

—¿Te importaría conducir tú un rato?

Vicky comprendió de golpe que Pablo estaba asustado de verdad. Salió del coche y lo abrazó por primera vez. De verdad.

Estaba empapado.

De una extraña manera, resultaba más ancho al tacto que a la vista. Costaba abarcarlo con los brazos.

Olía a bosque.

Era un tronco.

Y sus brazos eran ramas.

Anidarían pájaros y corretearían ardillas, pero no aquella noche.

—Conduzco yo, no te preocupes. Perdona —le susurró sobre el hombro—. Anda, entra. Vas a pillar una pulmonía.

Era la frase que decía siempre su madre, la misma que había oído decir también a su abuela. «Vas a pillar una pulmonía». Pero Vicky no conocía a nadie que hubiera pillado una pulmonía. Cistitis, VPH o covid, sí.

Pulmonía no.

Vicky empujó suavemente a Pablo al asiento del copiloto y le cerró la puerta con cuidado. Luego cruzó por delante del capó, por delante de las luces del coche y se dejó caer ante el volante.

Pablo se quitó las gafas. Vicky acercó el asiento al volante.

—Espera un momento —pidió a Pablo y se lanzó hacia sus piernas.

—Pero ¿qué haces? —preguntó Pablo.

—Es que me quedo más tranquila si hago una cosa —dijo removiéndose ligeramente—. ¡Ya!

Lo que sacó triunfalmente Vicky después de hurgar un rato en su bolso fue el teléfono móvil.

—Vaya, me lo temía —admitió Vicky—. Sin cobertura.

—¿A quién ibas a llamar? —preguntó Pablo.

—A mi madre —dijo Vicky, y se calló.

Callaba mientras volvía a arrancar el coche, aunque no era necesario. Callaba mientras maniobró para situarse en su carril. Callaba mientras quitó las luces de emergencia, puso en marcha los limpiaparabrisas, más deprisa de lo necesario, y cambió primera, segunda, tercera, cuarta, porque no pensaba correr, que ya bastante habían tenido con lo que habían tenido.

Se quedó callada porque acababa de darse cuenta de que había estado a punto de hacer una de las tantas cosas que tanto le molestaban de su madre: enarbolar ese orgullo del «casi». Estaba a punto de presumir ante ella de haber estado a punto de morir. Sí, la verdad es que quería llamarla para hacerle saber que habían tenido un accidente, que estaban bien pero que casi chocan con un jabalí. Y lo que menos iba a pesar en esa conversación —lo sabía— era el «Estamos bien», porque el «Hemos estado a punto de matarnos», porque diría «matarnos», iba a ocupar tanto espacio que arrinconaría todo lo demás. Y lo peor es que creía saber que no lo habría hecho por venganza a los tantos casidramas que había tenido que escuchar en boca de su madre; lo habría hecho porque, en el fondo, era igualita a su madre.

Pero ya no. Simyo acababa de librarla del determinismo genético. Ni siquiera lo comentaría al llegar a casa, «si es que llegaban», se sorprendió pensando Vicky. No iba a ser tan fácil no parecerse a su madre, no.

Un comentario de Pablo la sacó de sus pensamientos.

—Conduces bien.

Lo que de verdad pensó Pablo es: «Conduce con todo el cuerpo». Vicky tenía una forma de entregarse a la conducción digna de un anuncio de BMW.

—¿Te sorprende? —preguntó Vicky, pensando al momento si habría sonado borde.

—La verdad es que no.

Vicky bajó un punto la velocidad de los limpiaparabrisas.

—Ahora te toca decir a ti que soy un buen copiloto —dijo Pablo.

—De momento —respondió Vicky—. Veremos cuando se te pase el shock postraumático.

Pablo sonrió.

—¿Sigues con el repaso? —le pidió. Ahora sí, era él quien necesitaba llenar el silencio.

—¿Qué repaso?

—El repaso a tu familia. Te habías quedado en tu hermano.

—Ah, sí. Jürgen. ¿Qué te puedo decir de él? Es muy buena gente. Pero aburrido, preciso y previsible como un redactor del BOE.

Pablo se sintió ligeramente aludido. ¿Era él así? Pero, al momento, le invadió el orgullo. Qué va. Él —lo estaba descubriendo últimamente— era un kamikaze.

—Mi padre hace tiempo que está en el pueblo —siguió explicando Vicky—. Un día se fue.

—¿A por tabaco? —preguntó Pablo tímidamente.

—No exactamente. En realidad... En realidad...

Vicky agradeció la oscuridad. Sin perder de vista las rayas de la carretera, terminó diciendo lo que nunca había pronunciado en voz alta. Solo entonces entendió a su padre:

—Se está muriendo mi abuela. La madre de mi padre. —Vicky redujo una marcha antes de coger una curva—. Siento no habértelo dicho. Puede que no sea la Nochevieja más alegre de tu vida. —Y de pronto—: Oye, ¿a qué demonios huele?

Pablo no sabía qué decir. No sabía a qué olía aunque sí que olía a algo raro. Además, se había quedado flotando en la información anterior. Él había pasado Nocheviejas con su familia o con amigos. Cuando pensó en lo exótico que sería pasar una Nochevieja familiar con una familia que no fuera la suya, no colocó una moribunda en el escenario.

—¡Huele a alcohol!

Entonces Pablo se volvió a mirar detrás del asiento de Vicky. Enfocó con la linterna del móvil y lo vio.

De las dos cajas de champán que había acostado cuidadosamente tras el asiento, para que no les pasara nada, una estaba intacta y la otra estaba magullada. Por debajo de la caja, sobre la alfombrilla, una mancha oscura se extendía como la sangre bajo el cuerpo de un cadáver recién tiroteado.

Aquel había sido el ruido de cristales.

—Chinchín, Vicky.

—¡No jodas! —exclamó ella. Él no pudo evitar pensar que Carlota no habría dicho eso, y que a su madre le gustaría que no lo dijera. Casi podía oír al jefe diciendo: «Te lo dije». Y se sintió clasista y mezquino por pensarlo—. ¿El champán?

—No todo. Creo. Me parece que una botella ha sobrevivido.

Pablo sintió que la elección de la palabra «sobrevivido» era una torpeza en ese momento, justo después de que Vicky mencionara que su abuela estaba a punto de morir. Aunque pensó: «¿Cómo se sabe que uno está a punto de morir? ¿Cuánto puede durar ese "a punto"?».

—Siento lo de tu abuela.

—No digas eso, Pablo. No lo sientas aún, por favor, que es como si...

—Ya.

Pablo abarcó la vida en un monosílabo. Porque quien dice la vida, dice la muerte.

—Además —dijo Vicky más ligera—, vete tú a saber, porque llevan diciendo que se va desde hace más de dos semanas, y ahí sigue la tía, que apenas come, bebiendo como un pajarito, inhalando y exhalando como en una clase de pilates... Es muy fuerte mi abuela. Siempre lo ha sido.

Pablo recordó la respuesta reeditada de Vicky a aquella pregunta puñetera y estuvo a punto de decir «como tú», pero sentía que tenía que dejarle hablar a ella.

—Su marido le pegaba —dijo subiendo la velocidad del limpiaparabrisas—. Que no digo que fuera fuerte porque le pegara mi abuelo. No creo que las palizas te hagan fuerte. Al revés. Pero mi abuelo murió hace tiempo, y mi abuela fue la viuda más alegre de España. Entiéndeme. Cuando digo «viuda alegre» no quiero decir que tuviera amoríos, aunque, quién sabe, igual los tuvo y yo no lo sé; pues mira, ahora que lo pienso, me encantaría, me encantaría que se hubiera echado un novio, o varios. Pero digo que fue una mujer feliz, que hasta los ojos parece que le salieron de esas cuencas hundidas que tenía, que ves las fotos de mi abuela hace unos años, cuando mi abuelo vivía, y parece su propia madre; si es que rejuveneció. Yo creo que salió de la muerte de su marido con tantas ganas de vivir que fueron los años más felices de su vida, hasta que pasó lo de Pepa.

—¿Pepa? —preguntó Pablo, no tanto porque fuera necesario tirar de la lengua a Vicky, que soltaba palabras al ritmo incesante del limpiaparabrisas, como si las gotas de lluvia fueran pensamientos que intentara apartar a palabrazos, sino para que se supiera escuchada.

—Mi padre son tres hermanos —dijo Vicky, formulando un nuevo misterio de la trinidad, porque a veces las familias tienen razones que la gramática no comprende—. Mi padre es el mediano. ¿No tienes calor? Pepa, la mayor y Lucía, la pequeña. Las vas a ver a todas. Están todas, claro. Y sus hijos. Lucía tiene dos: Martín y Celia. Si fumas, Martín es tu hombre. Cuando digo fumar, no me refiero a tabaco.

—No, gracias.

—Celia es la hostia. Está acabando la carrera, Filología. Ya verás. Está como una cabra.

—¿Y Pepa?

Entre la calefacción, la lluvia y la relajación que sigue a todo susto, a Pablo le estaba entrando sueño, pero se esforzaba por no perder el hilo de la conversación que tan a menudo perdía la propia Vicky.

—Ah, sí. Pepa es la mayor. Es muy distinta de Lucía. Lucía está divorciada, es muy independiente. Lucía y sus hijos sí se quedan a dormir en casa. Pepa y familia, no. Ellos tienen otra casa en el pueblo. La heredaron de una tía abuela. Pepa ha sido toda su vida ama de casa. Ha vivido por y para su marido y sus hijas. El marido, mi tío Fran, es un gilipollas. En realidad... —Vicky dejó aquella frase en suspenso—. Pero mis primas, las hijas de Pepa, son majísimas: Marisol y Gemma. Supongo que Marisol habrá venido con Walter y Gemma con Rocío, y Mango. ¿No tendrás miedo a los perros? Ya no lo digo por Mango, que es un bichón maltés adorable. Es por Ulises, el perro de mi abuela. Está viejo ya, pero hay a quien le impone. Es un mastín del Pirineo. Enorme. Y suele discutir con Mango, el perro de Gemma y Rocío. Marisol, la mayor, es cirujana, cirujana plástica. ¡Uy, perdón! Mira, yo siempre he odiado a la gente que clasifica a los demás por su trabajo, o por los estudios. Una amiga de mi madre, que es profesora de instituto (ella dice «catedrática») es así, detrás de cada nombre que saca en la conversación te cuenta la carrera o carreras que estudió, y los másteres y los doctorados y lo culto que es, porque esta mujer solo se relaciona con gente culta, que ya me dirás tú a mí si eso es una garantía de nada porque también decían que mi abuelo, el que pegaba a mi abuela, era muy culto. Total, que lo que te decía, que siempre he odiado que la gente se creyera que, después de saber a qué te dedicas, tuviera toda la información necesaria, porque mírame a mí, ¿a qué me dedico?, a vender billetes de tren. ¿Y eso qué? ¿Te dice algo sobre mí? ¿Me hace eso puntual, ordenada, viajera, aburrida, servicial, paciente? Madre mía, cómo huele a alcohol. ¿Qué te estaba contando?

»Qué horror, parezco mi madre. ¡Ah, sí! Te hablaba de la familia de mi tía Pepa. Ya ves, una hija lesbiana y otra casada con un dominicano. «Negrito», dice mi tía. También dice que solo les falta que el perro sea ciego. Ella al menos lo dice con guasa. Mi tío... Mi tío es mejor que no diga nada.

»Además de un marido gilipollas, mi tía Pepa tiene cáncer de mama. En cuanto lo supo mi abuela, volvieron a hundírsele los ojos. ¿No te pasa a ti que coges mejor las curvas hacia un lado que hacia otro? Yo hacia la izquierda, fatal... Le quitaron el pecho, a mi tía Pepa, digo. Ha estado con quimio. Y parece que va bien la cosa. Y el maula de mi tío aún parece que se quejaba de que no le hacía caso su mujer. ¡Joder, que tendría que estar cuidándola él! Pero siempre ha sido un puto egoísta, siempre a lo suyo. Aunque mejor que no le haga caso a mi tía porque cuando se lo hace...

Vicky dejó de hablar un momento. Se oía un suave ronroneo.

—¿Pablo? —susurró bajito.

—¿Pablo? —insistió, pero aún más bajo.

Esperó a llegar a una recta para girarse y mirar. Al hacerlo, esto es lo que vio: un hombre con cara de bebé durmiendo como si lo fuera. Sintió entonces una paz prehistórica, acorde con aquella lluvia, aquella noche, aquella carretera, que era un levísimo toque humano, apenas dos rayas blancas y un pegote asfáltico replegándose a los recodos del bosque, a sus curvas, sus riachuelos, sus vados, sus placas tectónicas... Se sintió poderosa y no supo identificar que lo que le hacía sentir tan bien era que, por primera vez en su vida, había calmado y dormido a una criatura con solo el poder anestésico de su palabra.

—Además de cáncer, mi tía tiene un marido que le pega —siguió hablando Vicky en voz baja—. No sé cómo ha podido pasar, después de lo de la abuela. He visto familias enteras arrasadas por el cáncer, eso sí. Puede haber algo congénito en una enfermedad, pero ¿en los malos tratos? ¿No debería servir para algo que haya sucedido antes? ¿No consiste en eso aprender? Yo desde luego lo he aprendido. A mí nadie me va a levantar la mano. Antes hago daño yo, está claro, aunque tampoco es que me sienta orgullosa de eso. Preferiría que no volviera a pasar. No tiene que volver a pasar.

Vicky giró un segundo la cabeza para asegurarse de que Pablo seguía durmiendo.

—Pero es que ni siquiera lo sé seguro, lo de mi tía —dijo con la voz de la desesperación—. Nadie habla de ello. Nadie lo cuenta. Todos lo suponen. Y es algo que está ahí, algo que no se cuenta porque uno no va contando su vida por ahí, y menos a la familia. Se puede contar la vida al desconocido con el que se comparte asiento en un viaje, al hombre que te entrevista para un puesto de trabajo... ¿Ves? Y por eso, porque me encontré contando la vida, fue quizá por lo que conté lo de la alfombra. No, uno no va por ahí contando su vida. La vida se cuenta a un desconocido, a un entrevistador o a la persona con quien se va a empezar una relación, y a esa persona se le cuenta solo una parte, la parte buena, aunque ya sé que esto no es nada de eso porque tú tienes un inicio de una posible pareja. —Y en un susurro casi inaudible añadió—: Ya lo siento, Pablo.

Siguió conduciendo en silencio, sin atreverse a poner la radio ni a bajar la calefacción. Por dentro iba cantando la melodía del último anuncio de la Lotería de Navidad. Conducía atenta, por si cruzaba un ciervo o un jabalí. Lo habría dado todo por que un ciervo atravesara la carretera y que sus miradas se cruzaran un segundo, y verlo adentrarse en el bosque majestuosamente.

Quién sabe con qué iba soñando Pablo. Parecía estar tan lejos... Parecía como al otro lado, dos cristales más allá, en aquel vagón de metro parado junto al propio, aquel que está a punto de salir en dirección contraria.

DESTINO

Cuando Vicky llegó al pueblo, Pablo despertó como despiertan los niños al llegar al destino: como por arte de magia, que es en realidad arte de aminoración de la velocidad.

—¿¡Dónde estamos!? —preguntó con urgencia, mirando a un lado y al otro.

—Tranquilo. Ya hemos llegado —contestó Vicky mientras giraba por una calle estrecha.

—Pero ¿por qué no me has despertado antes? ¿Qué hora es ya?

—Tranquilo —repitió Vicky mientras frenaba ante una casa blanca con sencillos balcones. Un perro ladró—. Aún llegamos a las uvas.

—¡Pero aún no me he aprendido los nombres...!

Pablo no tuvo tiempo de decir nada más.

Alguien abrió su puerta y se lanzó a abrazarlo con todas sus fuerzas. Los mismos brazos que empezaron asfixiándolo lo soltaron de golpe.

—¡Tú no eres Vicky! —dijo una voz femenina grave.

Vicky soltó una carcajada.

—¡Tía! ¡Que estoy aquí! —dijo saliendo del coche para abrazarla. Un enorme mastín se abalanzó sobre ella—. ¡Ulises! ¡Guapo!

Pablo también salió.

—Pero… ¡Pero si tu madre me había dicho que te traía un amigo! —dijo achuchando a su sobrina—. ¿Y tú desde cuándo tienes coche?

—No tengo, tía. Es el coche de Pablo. Pero es que…

Pablo vio al perro y se le puso cara de niño. El perro vio a Pablo y le dio un par de lametazos.

Empezaron a jugar juntos.

Pablo le acarició la cabeza y le palmeó el lomo y lo invitó a subírsele encima… y el animal casi lo tira al suelo.

—¡Pero entrad, que hace un frío que pela! Hemos empezado sin vosotros.

—Claro, claro. Es lo que le dije a mi madre. Si es que mira qué horas… Que casi no llegamos a las uvas.

Pablo ya estaba cogiendo las bolsas del maletero.

—¿Cómo está la abuela? —preguntó Vicky bajando la voz hasta convertirla en un susurro.

—Está, Vicky. Está.

En la entrada los esperaba Mango, el bichón de Gemma y Rocío. Dejaron los abrigos y las bolsas en la entrada perseguidos por sus ladridos y sus andares de miniguardián y, al entrar en el salón, recibieron una lluvia de besos y abrazos y apretones de mano y «Pablo, mi tía Pepa», «Pablo, mi padre, Juan», «Pablo, Martín», «Lucía, Pablo», «Pablo, Jorge», «Pablo, este es mi tío Juan», «Pablo, Marisol y Walter», «¡Mango, no ladres a Pablo!»…

—¿Y la abuela? —preguntó Vicky a su padre.

Su padre señaló hacia el frente con la cabeza. Gemma y Rocío se echaron a un lado, como cortinas de un telón. Y entonces Vicky pudo ver la cabecera de la mesa que hasta entonces había quedado tapada por aquellos cuerpos familiares. En la cabecera estaba su abuela.

Tumbada. En la cama.

Habían sacado el sillón individual y la mesita y habían cruzado la cama en la cabecera de la mesa. En el otro extremo de la mesa, estaba, encendida, la televisión.

—Está muy débil, pero no queríamos que se perdiera la fiesta —se justificó Juan.

Desde que la operaron de la cadera, la abuela se había trasladado a uno de los dos cuartitos de la planta baja. Había dejado su cama de matrimonio y dormía en una cama individual de forja. Siempre se había quejado de que, lo peor del cambio, era aquella cama que parecía «de hospital». Vicky le había preguntado que por qué no se compraba otra, e incluso le había ofrecido buscar juntas en internet una cama de Ikea, pero a la abuela le parecía un sacrilegio comprar algo que ya tenía y se había quedado con aquella cama «de hospital» que hoy lucía cubierta de espumillón.

Vicky se acercó a darle un beso. Su familia revoloteaba parlanchina en torno a Pablo. Él, en cuanto creyó haber completado el inventario de presentaciones, carraspeó y le preguntó a Jorge:

—Perdona, ¿me puedes decir dónde está el baño?

—Sí, claro. —Y luego, pensándolo mejor, dijo—: Te llevo al de arriba. Sígueme.

Detrás de ellos, fue Ulises.

Los decibelios pasaron de igualar el ruido ambiente de una fiesta de pueblo al de un teatro diez segundos antes de que empiece la función. A diferencia de unos momentos antes, ahora las voces que sonaban más fuerte eran las del televisor. «Majo», «educado», «novio de una amiga» y «lástima» fueron las palabras más repetidas en ese bisbiseo colectivo que Vicky no llegó a oír porque ella, sentada a la altura de la almohada, estaba rezando su propio rosario.

—Abuelita... —susurraba mientras le acariciaba la cara—. Soy Vicky. Ya he llegado. Me ha traído en coche un amigo. Nos ha salido un jabalí por el camino y casi nos matamos.

Sabía que estaba incumpliendo su promesa de no contarlo, pero se excusó diciéndose que era una prueba, un susto para ver si la abuela reaccionaba. Pero la abuela seguía ahí, como dormida, con los ojos cerrados, respirando, porque Vicky disimuladamente le ponía un dedo bajo la nariz para comprobar que seguía respirando.

De pronto sintió el tacto familiar de las manos de su padre sobre sus hombros.

—¿Qué? ¿Cómo la ves?

Vicky miró hacia arriba, hacia su padre, y respondió:

—Guapa, como siempre. Aunque ha adelgazado. —Y, supersticiosamente arrepentida por aquel hablar en tercera persona, como ante un ausente, reformuló la frase en una inútil pregunta—: ¿No comes, abuela?

Juan dio un beso en la coronilla a su hija.

—Venga —organizó la tía Pepa—. Todo el mundo, a sentarse.

Pero Juan seguía de pie junto a Vicky, y ahora se le había unido Pablo, Celia seguía jugando con Mango, Martín seguía de pie en la ventana, buscando mejor cobertura para el móvil, Walter seguía hablando con Mari Carmen...

—¡Se sienten, coño! —gritó Lucía.

Vicky señaló a Pablo la silla que le correspondía, a su lado, junto a la cabecera.

—Es que es profesora —le susurró.

—Menos mal —dijo Pablo aliviado—. Creí que era golpista.

No se dio cuenta de que al otro lado tenía a Gemma.

—¡Qué bueno, tío! —celebró el chiste—. ¡Por fin un cuñado en condiciones a la mesa!

—¡Eh! ¿Y yo? —dijo picado Walter.

—¿Qué experiencia puedes aportar como cuñado? —preguntó Gemma.

—Bueno... Yo soy cuñado de los maridos de mis hermanas —contestó Pablo.

—Pero ¿has pasado alguna Navidad en casa de la familia política de tus hermanas? —le atornilló Jorge.

—Pues... No, la verdad es que no. La suelo pasar con mis padres. Son mis cuñados quienes vienen a casa —confesó Pablo.

—Mira por dónde. Tú no habías hecho de cuñado hasta ahora —dijo Gemma—. Tenemos un cuñado novato en la mesa. A ver qué tal se te da la cosa.

—Qué gilipollez —soltó con tono bronco Fran, el marido de tía Pepa.

Pablo se quedó paralizado con las manos sobre el panecillo que estaba a punto de partir. Esperaba que, de un momento a otro, alguien hiciera una broma mala sobre eso, o que aquel hombre soltara una risotada, pero lo único que sucedió es que, tras unos segundos, todos continuaron hablando como si nada.

—Eeeh... —aventuró Vicky—. ¿Puedo ir al baño a hacer un pis y lavarme las manos sin encontrarme a Pablo descuartizado a la vuelta?

Y como pareciera que todos estuvieran de acuerdo en dejarlo vivo, Vicky subió al baño.

—¡Y no puede ser el cuñado porque no es mi novio! —gritó mientras andaba escalera arriba.

Lo primero que vio al cerrar la puerta fue el gorro de baño rosa que recordaba ahí desde que tenía uso de memoria. Seguía todo igual. Incluso los geles, los champús, aquel jabón sólido que no se acababa nunca... Debían de llevar siglos caducados. Y el mismo frío. El frío en los muslos al sentarse en la taza era para Vicky como la magdalena de Proust. Evocaba todos los inviernos de su infancia, todas sus visitas a aquella casa. Todos los fríos de su vida tenían a aquel frío como unidad de medida.

Mientras se lavaba las manos se miró en el espejo y se encontró mayor y cansada. Había encima de la repisa un neceser rosa. Lo abrió con cuidado y vio, encima del todo, una barra de labios. La sacó y se pintó. Supuso que sería de Celia. Ella nunca había llevado los labios tan rojos.

Ahora se veía distinta, como esos muebles vintage que ocultan su cutrez bajo una capa de pintura a la tiza. Siguen siendo los mismos muebles cutres que uno desprecia en casa de una tía abuela, pero que se miran con otros ojos cuando se coronan con macetitas de monstera y pósteres que invitan al buen humor en inglés porque si lo hicieran en castellano nos producirían vergüenza ajena.

Vicky bajó pensando encontrar a aquel cervatillo de ojos asustados que la había acompañado hasta ahí acosado por los perros de presa en que podían convertirse sus familiares, pero ya en las escaleras notó algo diferente. De momento, ya no se oía tanto ruido.

Bajó por las escaleras de terrazo con prevención, como cuando de pequeña se levantaba de noche para espiar qué hacían los mayores y sentía en las plantas de los pies aquel mismo frío que acababa de sentir en los muslos. En ese momento, tenía los pies bien abrigados dentro de aquellas botas forradas de borreguillo, pero los encogía igual que cuando iba descalza mientras alargaba el cuello como si eso fuera a hacerle oír mejor. Una espía de pacotilla.

Se quedó escuchando. Intentando escuchar. El sonido llegaba tan tenue que terminó rindiéndose.

Cuando llegó al salón se encontró un paisaje inesperado. Alguien había bajado el volumen de la tele y, en vez del barullo de siempre, había un silencio reverencial. Todos escuchaban atentamente... a Pablo.

—¡Hija! ¡Cómo no me lo habías contado! —exclamó Mari Carmen, y se levantó sin preocuparse de aquella servilleta blanca con bordados navideños que caía al suelo como un copo de nieve, como la nieve que empezaba a caer, sin que nadie lo supiera, tras los cristales de aquella casa blanca.

Mari Carmen abrazó a su hija con fuerza. Por encima del brazo de su madre, Vicky buscó asustada la mirada de Pablo.

Temía que Pablo hubiera contado lo de la entrevista de trabajo. Por un momento, pensó horrorizada que Pablo habría contado a todo el mundo lo que ella había dicho de cómo su madre llegó en una alfombra.

—Nos lo tendrías que haber contado —dijo Gemma.

—¡Pero si nos pasó lo mismo! —añadió Rocío.

¿Eso qué significaba? ¿Cuál de todas las cosas que les habían pasado? Vicky no pudo evitar recordar que Gemma y Rocío siempre contaban que se enamoraron a primera vista.

—¿No te acuerdas? —insistió Gemma—. ¡También estuvimos a punto de matarnos!

—¡Sí! ¡Por un jabalí!

—No, no —corrigió Rocío a Gemma—. Lo nuestro era una jabalina. Iba con dos o tres jabatos. Dicen que son más grandes. Y más peligrosas.

—Sobre todo cuando van con sus crías —dijo Rocío—. Las madres... Ya se sabe.

Vicky suspiró doblemente aliviada. Por un lado, se había disipado el terror a que Pablo hubiera puesto sobre la mesa la historia de la alfombra, y, por otro, la reconfortaba comprobar que esa tendencia a protagonizar casidramas no era exclusiva de su género ni de su familia. Además, en el fondo, estaba deseando estar ahí, en el centro de aquella casimuerte.

—¿Lo vuestro qué era? —preguntó Celia mirando a Pablo—. ¿Jabalí o jabalina?

La madre de Vicky no dejaba de menear la cabeza y repetir:

—Mira que si se matan el día de Nochevieja... Mira que si se matan el día de Nochevieja...

Antes de volver a sentarse, Vicky dio un beso a la abuela y se quedó un rato con la cara pegada hasta sentir el cálido aire de su respiración, tan fina como la ortografía que separa el mundo de los vivos del de los muertos: espirar y expirar.

Aliviada por ese soplo de aire, devuelta temporalmente a la alegría, encontró la ocasión de incorporarse a la conversación.

—Ni jabalí ni jabalina —dijo, y luego, con mucho teatro, añadió—: Lo nuestro era una inmensa mole, una criatura prehistórica... Nos miró a los ojos desde la profundidad de los siglos...

—¡Lo sabía! —la interrumpió Martín desde el otro lado de la mesa—. ¡Sabía que alguno tuvo que quedar! ¡Nos lo llevan ocultando años!

—¿De qué habla? —susurró Pablo.

Vicky se encogió de hombros.

—Pero ¿no oísteis lo del tsunami? —siguió diciendo Martín.

—Hay que joderse —soltó sin asomo de ironía el marido de Pepa.

Todos ignoraron aquel comentario y Martín siguió explicando:

—Se ve que hubo un tsunami en Teruel y se replegó la tierra y quedaron un montón de restos de dinosaurios.

—¿Un tsunami en Teruel? —preguntó Celia.

—Dicen que restos fósiles. Pero ¿solo fósiles? ¡Ja! Siempre he sabido que era imposible que no hubiera quedado ni uno. ¡Pero no visteis *Lo imposible*? ¿No visteis *Parque Jurásico*?

La relación entre una película y otra, y los jabalíes, no parecía tan obvia para el resto de los presentes.

—¿Este es un cuñado? —cuchicheó Pablo mientras Martín seguía defendiendo la supervivencia oculta de los dinosaurios.

—No, este es mi primo Martín, el pequeño. El... —Hizo un gesto de fumar.

Pablo asintió.

La madre de Vicky decidió que no podían llegar al año nuevo hablando de una conspiración cósmica que intentaba ocultar la existencia de seres prehistóricos supervivientes en Teruel y le preguntó a Pablo por su familia.

—Mis padres están en Viena —contó con sencillez, como quien dice «están en Albacete»—. Mañana irán al concierto de Año Nuevo.

La tía Pepa pegó un bote en la silla.

—¡Es el sueño de mi vida! —declaró entusiasmada—. Todos los años lo veo en la tele. ¡Podemos verlo juntos! ¡Igual vemos a tus padres! Pásame otra gamba, Walter.

Pablo sonrió. Se sentía llevado en volandas por un cariño suave y liviano, el cariño de una familia que no es la propia. Era todo levemente extraño, levemente familiar, como si, no siendo suyo, fuera solo cuestión de tiempo que pudiera llegar a serlo. Acaso fuera todo cuestión de tiempo. La vida, cuestión de tiempo. La familia, cuestión de tiempo. El amor, cuestión de tiempo. La muerte, cuestión de tiempo.

—Pablo tenía pensado salir a Barcelona a primera hora para estar con Sandra en Año Nuevo —se adelantó a explicar Vicky.

—Qué maja es Sandra... —dijo Mari Carmen—. Un poco loca... Como mi hija. ¿Y dónde pasa ella la Nochevieja?

Por un segundo, Vicky y Pablo se miraron alertados. No habían coordinado una respuesta para esa pregunta. Por suerte, Mari Carmen no esperaba una respuesta:

—Mira que yo siempre me imaginé que acabaría con un extranjero... —siguió hablando—. Sandra, digo.

Al mismo tiempo, el marido de Pepa rezongaba:

—Eso es. Sal pitando de aquí.

De nuevo Pablo no supo cómo interpretar aquellas palabras pronunciadas con extrema seriedad que solo él parecía oír.

—Bueno, no creo que a Sandra le importe que me retrase un poco... —dijo Pablo mirando a Vicky fijamente, lanzándole un cauto mensaje mental («Tampoco se está tan mal aquí. Podría quedarme un poco más...»). Ni diciendo cosas con la mente se atrevía a más aquel aprendiz de kamikaze.

Al fondo Walter y Rocío iniciaron un debate sobre los peores presentadores de campanadas al que se fueron sumando todos los demás.

—¿Querrás ver el concierto, abuela? —preguntó inútilmente Vicky. Alargó la mano hacia la cama para acariciarle la cara y detuvo la mano bajo la nariz para cerciorarse de que aún respiraba. Al levantar la vista, se dio cuenta de que la tía Lucía estaba mirando su mano.

—Yo también lo hago —dijo sonriendo—. Lo hacía constantemente cuando Martín y Celia eran pequeños. Me pasaba toda la noche comprobando que respiraban. Y ahora me veo haciendo lo mismo con mamá.

Celia, que hacía suyas todas las pseudomenciones, que se sentía aludida en cada generalización, no pasó por alto su nombre y se incorporó a la conversación.

—La imbécil de la tía Elvira...

—¡Celia! —exclamó el padre de Vicky escandalizado.

—Es que es imbécil, tío... —Y luego siguió contándole a Vicky—. Ha venido esta tarde a verla con la tía Joaquina y ha dicho que tiene «nariz de morirse». ¡«Nariz de morirse»! ¡Pero qué gilipollez es esa!

Walter, que ya había puesto en Google «nariz muerte», no tardó en aportar información:

—Aquí dice que la nariz puede predecir nuestra muerte. A ver... —siguió leyendo—. ¡Ah, no! Pero eso es que, si te deja de funcionar, es que te vas a morir dentro de cinco años.

—¡Sí, hombre! —exclamó la tía Pepa—. Si fuera por eso, yo me habría muerto a los dieciocho. ¡Pero si llevo sin olfato desde los trece años!

—Y sin conocimiento desde los seis —añadió su marido. Pero nadie le rio la gracia, si es que aquello lo era.

—Bueno, ya, mamá —dijo Marisol, con ese instinto de defensa de la pareja que activa cualquier reunión familiar—. Pero lo tuyo fue porque te operaron de vegetaciones. Si Walter lo ha leído...

—Anda, pásame el plato, Celia, que te sirvo la pularda —ofreció Juan.

La madre de Vicky entró en acción:

—¡Uy! A mí también quisieron operarme de pequeña de vegetaciones, pero mi madre se negó. Y eso que tenía otitis cada dos por tres, y aún las sigo teniendo, porque siempre he sido muy delicada del oído. Siempre que voy me dice el otorrino que no sabe cómo puedo soportar el dolor porque...

Walter levantó la mano.

—Pásame el vino, Gemma —dijo Fran.

—Esperad, esperad. Aquí hay otra cosa curiosa. Al parecer, la nariz vive cuando la persona ya está muerta.

—Eso no suena muy científico —reconoció Marisol, porque no hay defensa que se sostenga sin su dosis de ataque a lo propio—. Está buenísimo el relleno, mamá.

—Mira lo que dice —leyó Walter—: «Un nuevo estudio de investigadores italianos apunta a la motilidad de los cilios en el interior de la nariz. Los cilios nasales son una barrera mecánica natural para disminuir la entrada de gérmenes y partículas al tracto respiratorio. Estos filamentos que están en constante movimiento siguen latiendo tras la muerte de una persona. La frecuencia de latidos de los cilios, dado que los mismos disminuyen a un ritmo predecible, pueden proporcionar una herramienta adicional para ayudar a precisar con mayor exactitud el momento de la muerte, especialmente si fue en las últimas 24 horas».

—Sí que eres un poco cuñado tú... —dijo Gemma.

Alguien advirtió que quedaban diecisiete minutos para las campanadas.

—La abuela no se va a morir este año —afirmó Vicky con convicción.

Frente a ella, su padre bebió un poco de vino.

—Nadie ha dicho eso —dijo.

—Bueno, la imbécil de la tía Elvira —insistió Celia—. Aunque... ¿Y si pasa durante las campanadas?

—Que no va a pasar... —dijo entre cansino y enfadado Juan—. ¿Me pasas el vino, Rocío?

Pablo se adelantó y acercó la botella al padre de Vicky.

—¿Y si pasara? —volvió a decir Celia—. ¿Cómo sabríamos en qué año ha pasado?

Habían dado por buena la convención de sustituir el verbo «morir» por «pasar».

—Bueno, siempre nos quedarían los cilios nasales —dijo Marisol.

Y nadie supo bien si había que reírse de aquello, pero como Martín empezó, y su risa era contagiosa, y era mejor tenerlo riéndose de los cilios nasales que hablando de tsunamis y dinosaurios, poco a poco, todos fueron riendo hasta que la tía Lucía se levantó con la copa en alto y decidió brindar:

—¡Por los cilios nasales!

Todos se levantaron a chocar las copas. El tío Fran se quedó sentado y siguió tan taciturno como lo habían visto desde que ingresó en aquella familia.

Lucía, en pie, añadió:

—Por todo lo que sigue latiendo cuando deja de latir el corazón.

La cursilería del brindis quedó completamente anulada para tres de los presentes, que, al hilo de aquella frase, recordaron que «todos los ahorcados mueren empalmados». El padre de Vicky no fue uno de ellos, pero alérgico a cualquier mención al corazón más allá de la cardiología, bebió hasta apurar la copa ahogado en una ola violenta de vergüenza.

—¡Ay! —recordó entonces Vicky—. Pablo había traído un champán buenísimo. Pero con el frenazo se ha roto por lo menos una botella. ¿Has mirado si sobrevivió la otra? ¿La has cogido?

—¡Daos prisa, que ya son menos once! —los apremió Juan.

—¡Voy! —exclamó Pablo, dejando la servilleta sobre la mesa.

—Te acompaño —se apuntó Vicky.

—¡Las uvas! —dijo la madre de Vicky—. ¡Este año vamos fatal! Pero, bueno, por lo menos, estamos todos...

Hubo un revuelo de platos pasando de mano en mano, gente levantándose de la mesa...

Pablo y Vicky salieron corriendo y dejaron de oírlo. Ulises siguió sus pasos.

—¡Ha nevado! —exclamó Vicky nada más salir, con una sonrisa de oreja a oreja, la expresión de un niño en la cabalgata de Reyes.

Pablo la observaba. Registraba su alegría genuina. En las últimas horas, la había visto llorar, reír, aterrorizarse, enfurecerse, alborozarse... La había visto áspera, tierna, mortal, viva...

Pensó que nunca había conocido a nadie que sintiera tan intensamente la vida, que se entregara con tanta pasión a todo: la conducción, la celebración, la nieve...

Vicky seguía dando vueltas como una peonza, como una niña agitando su capa de *Frozen*, como si ella misma estuviera creando la nieve.

De repente, se paró y quedó frente a Pablo, muy cerca.

Se miraron unos segundos, sonriendo.

—¿Todo bien? —susurró Vicky.

—Muy bien —susurró Pablo.

Los preciosos segundos que restaban para el fin de año seguían corriendo inexorablemente mientras ellos se miraban. La nieve era una capa de silencio sobre el mundo.

El mundo estaba pidiéndoles un beso.

Pero, ¡POM!, ventana que se abre.

Alguien se asoma y grita:

—¡¡Chicos, las uvas!!

—¡El champán! —recordó Vicky.

Pablo abrió la puerta del coche. Ulises metió el morro para olisquear. El coche apestaba a alcohol.

Mientras Pablo cogía la botella, Vicky rascó la mínima capa de nieve que apenas se estaba empezando a formar hasta lograr amasar una bola.

—¡Está entera! Una —anunció Pablo después de abrir la caja de cartón y sacar la botella.

Entraron de nuevo corriendo, Vicky con la bolita de nieve y Pablo con el champán. La fuente con la pularda había desaparecido y ahora la mesa estaba llena de bolsas de cotillón. Casi todos llevaban ya un gorrito o unas gafas o una nariz postiza. Lucía y Walter estaban terminando de repartir los cuencos con las doce uvas. Rocío acababa de dejar un cuenco con doce trozos de salchicha para el perrito, pero antes de que Rocío terminara de incorporarse, Mango ya se había comido tres. Celia estaba terminando de colocarle a la abuela unas gafas con nariz postiza.

—Que diga ahora la tía Elvira si esta es una nariz para morirse.

Vicky rodeó la mesa y, cuando llegó a la altura de Martín, le metió la bola de nieve por la espalda.

Martín se levantó y empezó a saltar como si se estuviera prendiendo fuego.

Pablo contempló la escena con envidia. Le habría encantado que Vicky le hubiera tirado aquella bola de nieve a él.

—¡Rápido! ¡Sentaos todos! —ordenó Lucía—. ¡Que empiezan!

—¡Espera!

Celia sacó el móvil y se hizo un selfi con la abuela con las gafas.

—¡Espera, que yo también quiero salir! —dijo Vicky acercándose—. Ven, Pablo. Ponte. Un día querrás recordar tu primera Nochevieja como cuñado.

Pablo se acercó y se inclinó para caber en la foto. Vicky sintió su mano sobre la cintura.

Celia hizo la foto y corrió a sentarse en su sitio. Ya estaba bajando el carillón.

La mano de Pablo se separó de Vicky y no supo muy bien qué hacer con ella.

—¡Las uvas!

Sí, las uvas. Usaría aquella mano para sujetar las uvas de la suerte.

Vicky cogió con una mano la mano de la abuela. Con la otra iba sacando las uvas del cuenco.

A la tercera uva le subió a la abuela la nariz postiza hasta la frente.

—¿Qué haces, Vicky? —dijo Celia.

—¿Y si no puede respirar? —farfulló Vicky con la boca llena.

—¡Pero es que así parece un unicornio! —exclamó Celia.

Les entró la risa. Les salían trozos de uva, piel, pepitas... por la boca. Perdieron el ritmo. Ramón García, porque finalmente se habían decidido por la opción clásica, que era la que siempre quería ver la abuela y ahí seguía la abuela, y ahí seguía Ramón García contando y ellos, encanados de risa. Y el tío Fran que se atraganta. Y todo son risas y gritos de «¡Así no se puede!» y toses y «¡Feliz año nuevo!» y brindis y risas y notificaciones y besos a la abuela, que, sí, sigue respirando, respirando como un unicornio, pero el tío Fran está morado y se da golpes en el pecho, y el perro le muerde la pernera del pantalón, y Pablo que lo ve se acerca a hacerle la maniobra de Heimlich porque hizo un curso de primeros auxilios cuando iba a los scouts, pero entonces la tía Pepa le empuja y grita:

—¡NO!

Y, asustado, Pablo suelta al marido de Pepa y todos, menos la abuela, ven cómo se desploma con la copa de champán en la mano.

—¡Se está muriendo! —exclamó Pablo.

Apartó dos sillas para agacharse junto a él y le llevó las manos al pecho para empezar a darle un masaje cardiaco. Un agónico boqueo se mezclaba con el «¡Feliz año nuevo!» de Ramón García.

—¡NO! —volvió a gritar Pepa.

Marisol se inclinó sobre Pablo y, sin violencia pero con firmeza, le apartó las manos del pecho de su padre. Pablo se quedó de rodillas ante él.

Marisol estaba detrás de él, también arrodillada, cogiéndole las muñecas, susurrando «Ya no se puede hacer nada». Pablo no podía apartar la vista de los ojos desorbitados de aquel hombre que se despedía perplejo de la vida «rodeado de sus seres queridos».

En la televisión emitían el anuncio más caro del año. Los estertores de Fran sonaban junto a más de una docena de avisos de móviles y tres llamadas, señales de otras vidas, alegres indicios de otras fiestas donde se derramaba cava y se extendían los matasuegras que no habían salido defectuosos de las bolsas de cotillón y la gente reía y brindaba y sacaba anillos mojados de las copas.

Vicky se dio cuenta de que estaba apretando la mano de su abuela hasta dejarla blanca. La soltó y le puso la mano sobre el pecho, que subía y bajaba lentamente.

—Feliz año nuevo —dijo serio y sereno el padre de Vicky.

HUIDA

Pablo salió a meter su bolsa de deporte en el maletero. Vicky fue tras él.

—Creo que será mejor que me vaya —dijo.

—Pablo... —susurró Vicky. Tenía los ojos llenos de lágrimas—. Tú no sabes...

—Igual es mejor que no sepa.

—Pablo, está nevando —suplicó Vicky. En realidad, en ese momento caía aguanieve.

Los cristales de las gafas de Pablo estaban llenos de gotas.

—No ha cuajado. Llevo cadenas.

—Has bebido...

—Solo un poco.

—Tómate un café por lo menos —negoció Vicky.

—Estoy despejado, gracias —dijo Pablo. Luego se apoyó en el coche, se inclinó y dijo con la mirada clavada en el suelo—: Lo siento. No puedo entrar ahí.

Vicky se abrazó a Pablo y se echó a llorar.

—Yo tampoco —gimió.

—Lo siento mucho, Vicky —dijo Pablo, abrazándola fuerte, sosteniéndola ahora él a ella.

Lo sentía mucho. Lo sentía todo. Sentía lo que había pasado. Sentía lo que no había llegado a pasar. Sentía lo que nunca jamás podría ya suceder.

Un haz de luz apareció tras ellos. El padre de Vicky salió de casa. Ulises iba con él. De su boca salía un vaho constante, una niebla portátil.

—Creo que es mejor para todos que me vaya —insistió Pablo.

—Sí. Seguramente será mejor —dijo Juan cogiendo a su hija por los hombros y separándola suavemente de Pablo—. Pablo...

Vicky no dejaba de sollozar. Su padre la sujetaba.

—No diré nada —rellenó la frase el propio Pablo—. No sé nada.

—Es mejor así. De verdad —dijo Juan.

Pablo se metió en el coche y arrancó. Vicky se dio la vuelta y lloró con la cara pegada al hombro de su padre. No se sabe si su padre lloraba o aquello era aguanieve.

3

AÑO NUEVO

Querido Pablo:

Soy Vicky. No Victoria Grande Lagunas, la mujer que se presentó a un puesto de comunicación, porque sé que esa persona ya no existe.

Soy Vicky, la mujer que cogió el volante después de que chocáramos con un jabalí. He conseguido tu dirección de correo electrónico a través de Gloria, la mujer que trabaja contigo y que me rescató del baño. Espero que no te importe. Tranquilo, le he dicho que era por una duda que tenía sobre el proceso de selección. Ha sido como si me rescatara otra vez, porque yo he estado estos siete días encerrada en un silencio que me ahoga y escribirte esto es para mí como salir y respirar.

No sé si preferirías que no te escribiera. No sé si prefieres olvidar. Yo hay muchas cosas que he decidido olvidar. Y no te hablo solo de Nochevieja. Cosas que me pasaron antes, antes de que llegara mi madre. No tengo derecho a obligarte a recordar nada. Si te escribo es solo porque quiero contarte algunas cosas.

Quiero contarte que, cuando te fuiste, Ulises se quedó en la puerta esperando y durmió allí, franqueando el paso. Ayer, cuando nos fuimos, Ulises fue corriendo detrás del coche de mi padre unos metros. Cuando lo perdí de vista seguía plantado en medio de la carretera. No sé si se despedía de nosotros o esperaba que llegaras tú.

Quiero contarte también una tontería. Esto debería hacerte gracia: poco después de irte tú, llevamos a mi abuela a su cuarto y ayudé a mi tía Pepa a cambiarla. A mi tía casi le da un soponcio cuando se encontró con que alguien le había puesto unas bragas rojas. «¿Y si se llega a morir y la encuentran así los de la funeraria?», dijo espantada.

Celia, que había sido la culpable, se defendió diciendo que eso no había pasado y que, además, si hubiera sido así, no se le ocurría mejor forma de pasar a otra vida, que si los egipcios se hacían enterrar con sus mejores joyas y con sus criados para emprender el viaje al más allá, qué mejor acompañamiento podía llevar alguien que unas bragas rojas, que son una promesa de alegría, y que, bien pensado, ella iba a poner una cláusula en su testamento o en las últimas voluntades o donde quiera que se especificara eso para pedir que, cuando muriera, le pusieran unas bragas rojas, si es que no las llevaba ya puestas. Pero, claro, a pocos metros, teníamos un cadáver al que no íbamos a poner unas bragas rojas.

Mi tío Fran.

Preferiría no contarte nada de él. Pero tengo que hacerlo. Te lo debo. ¿Recuerdas lo que te expliqué de mi abuela? Aún no dormías. ¿Recuerdas aquello de que su marido le pegaba? No era la única de la familia.

Llegué a plantearme si no sería una plaga, como la carcoma.

También tuvimos de eso, en la casa del pueblo.

No se veían los bichos, pero, si prestabas mucha atención, si aguzabas el oído, podías oírla, oír cómo poco a poco, mordisco a mordisco, la carcoma iba royendo la madera, acabando con los muebles, las vigas, por dentro y sin apenas dejar rastro, solo un poco de serrín. Un moratón. Uy, qué tonta, me he dado un golpe al cerrar la contraventana.

La carcoma no deja vivir. Pero, si la carcoma deja de vivir, aunque sea accidentalmente, igual la casa sigue en pie, quizá las vigas no se quiebren y acaben con todos los que estaban dentro. Créeme: estábamos en peligro. Era en defensa propia.

Quiero contarte que a mi tío Fran lo enterramos el dos de enero y a mi abuela, que se me murió dos días después que mi tío, el cuatro. En realidad, a mi abuela no la enterramos. La incineramos y luego esparcimos sus cenizas en un pequeño claro del bosque donde a ella le gustaba ir. Parte de las cenizas cayeron sobre la rala hierba, el musgo, las agujas de los pinos; otra parte fue al riachuelo. Quiero creer que no se quedaron ahí, sino que, de alguna forma, dentro de un pez, llevada una minúscula partícula por la corriente, acabaron en otro río más grande, y este en otro, y este en otro más, hasta llegar al Mediterráneo, porque a mi abuela le gustaba el pueblo, sí, pero aún más le gustaba el mar y siempre hablaba de él con esa veneración que se siente por las cosas lejanas que no nos hartan día a día.

Todos andamos tristes con la muerte de la abuela, pero mi padre está hundido. Mi madre ya no vive conmigo. Ha vuelto a casa con él, porque, según dijo, «ahora él me necesita más».

Yo sigo en el piso donde vivía mi abuela cuando vivía en Madrid, aunque no sé por cuánto tiempo. A veces me da la sensación de que la veo. Es solo un segundo. En el pasillo, en el espejo del baño... No me asusto. Me gusta. Creo que es lo normal cuando se te muere alguien: sentir su compañía un tiempo, no dejarla irse del todo.

Y así estamos, viendo fantasmas, como una familia de leones que anda lamiéndose. La muerte por atragantamiento del tío Fran nos ha unido a todos aún más. Lo que pasa es que ahí estabas tú, que no eres sangre de nuestra sangre, y no sé si necesitas desahogo, consuelo, fuerza o algo, y nadie te lo da.

La verdad, no sé qué ofrecerte, porque igual lo que quieres es solo silencio.

Si es así, perdona por esta larga carta. Recuerdo cuando te dormiste mientras te hablaba. Parecías un niño. No sé si ahora te habrás dormido también. En ese caso, lo que te mandaría es un beso en la frente.

Pues eso.

Un beso,

Vicky

P. D.: Te envío la foto que nos hicimos con Celia y mi abuela, cuando aún dudabas si quedarte a ver el concierto de Año Nuevo con nosotros. Lo teníamos puesto de fondo mientras esperábamos a los de la funeraria. Me pareció ver a una mujer que me recordaba a ti. Llevaba gafas y una chaqueta verde. Se la veía feliz aplaudiendo entre el público. Mi tía Pepa también comentó el parecido. Creo que en aquel momento quería ser ella más que nunca. Creo que quería aplaudir y verse tan feliz como parecía tu madre, si es que lo era. Espero que lo fuera. Que fuera feliz.

PESQUISAS

Pablo estaba sentado en la barra del Palo Alto con un cortado con churros y sin preguntas. En el taburete a su derecha estaba Gloria.

—¿Qué tal las navidades?

—¿Y tú? —preguntó Pablo. Últimamente tenía la sensación de estar separado del mundo por una membrana elástica e impenetrable. Sabía que era una ilusión intentar romperla a base de conversaciones tontas. Las preguntas serían solo pinchazos en aquella membrana tan resistente. Pero quizá por esos agujeritos entrara un poco de aire, quizá pudiera fisgar como por una mirilla en otras vidas que no fueran la suya.

—Bien, bien. En familia.

Unas navidades en familia sonaban a unas fiestas no para tirar cohetes, unas fiestas para contar sin exclamaciones; tan solo unas fiestas «bien, bien», ni fu ni fa, unas fiestas *comme-il-faut*, correctas.

—En casa de mi madre —siguió contando sin gran entusiasmo Gloria.

Pablo aprovechó la ocasión.

—Oye, Gloria —dijo—. ¿Tú alguna vez has oído hablar de alguna madre que haya llegado en una alfombra a casa de sus hijos?

Gloria no miró a Pablo con la cara que diagnosticaba locura que él esperaba. En vez de eso, giró la cara, arrugó la frente, torció la boca y se quedó pensativa.

—Ahora que lo dices... —empezó a decir—. Una vez, hace no mucho, quedamos unas cuantas amigas. Del grupo de pilates. Nos juntamos un grupo muy variado. Hay de todo: gente de mi edad, gente más joven...

Pablo se dio cuenta de que no paraba de dar vueltas con la cucharilla en el café y acabó dejándola sobre el platito.

—Bueno, pues una chica comentó algo así como que ahora vivía con su madre, que había aparecido en una alfombra.

Pablo escuchaba con los cinco sentidos.

—Yo pensé que lo decía de broma. Ya era tarde. Creo que se había tomado un par de copas. Además, es una chica que ha tenido muchos problemas.

—¿Problemas? —preguntó Pablo.

—Sí, eso me contaron. No sé muy bien qué le pasaba. Sé que tenía insomnio. Siempre tenía ojeras. Creo que alguna comentó algo sobre un intento de suicidio, pero no estoy muy segura. No sé si estoy mezclando historias.

—¿Y no la conocías?

—Sí, claro. De pilates, ya te digo.

—Digo, que si no la has visto en otro sitio, antes o después. Aquí, en el despacho o...

Gloria miró a Pablo sin acabar de entender.

—¿A qué te refieres?

—¿No sería una candidata que vino para el puesto de comunicación de la farmacéutica?

—¿Una candidata? ¿Qué candidata?

Junto a ellos otro cliente pidió un café y Carlos empezó a desgranar su retahíla de preguntas: «¿Con leche caliente o del tiempo? ¿Semidesnatada? ¿De soja?»...

—Victoria Grande Lagunas —respondió Pablo—. No sé si te acordarás...

En la cara de Gloria se dibujó una sonrisa de oreja a oreja.

—Cómo no me voy a acordar, Pablito... Pero si la rescaté del baño, aquí. Ya veo que tú tampoco la has olvidado. Y ella... ¡Oye! ¿No te escribió hace poco? ¡Sí! ¡Pasada la Nochevieja! ¡Me pidió tu dirección de correo electrónico!

Pablo temió estar poniéndose rojo.

—Pero ¿qué me estás contando? —preguntó Gloria—. ¿Que esta chica, la candidata, se había intentado suicidar?

—No, te estoy contando que su madre llegó a su casa metida en una alfombra.

Gloria soltó una carcajada.

—Esto es de locos —susurró.

—Pero ¡¿es o no es la misma que iba contigo a pilates?! —preguntó Pablo.

Gloria negó con la cabeza.

—Mi compañera de pilates se llama Nerea. Pero ¡cuéntame eso de la alfombra!

Y entonces Pablo le contó lo que sabía: que la candidata, en la entrevista, les había contado a él y al jefe —«¿Al jefe también?». «Sí, al jefe también»— que en ese momento vivía con su madre, que había llegado en una alfombra traída por un mensajero —«Pero, espera, ¿dentro de una caja?». «Exacto, dentro de una caja. Ella abrió la caja, sacó la alfombra, que no la había pedido ni nada, la desenrolló y salió su madre rodando». «¿Rodando?». «"Haciendo la croqueta", dijo»—. Que luego, cuando se encontraron aquí, en la cafetería, parecía arrepentida de haberlo contado, pero que le había dado más detalles; le había dicho que la caja donde había llegado la alfombra la había encontrado más tarde en un cajero —«¿Cómo que un cajero?». «Sí, la había cogido un hombre para dormir encima de ella»—. Y que la había examinado y, aparte de su dirección, solo había encontrado una palabra —«¿Qué palabra?». «Te va a parecer tan novelero como me pareció a mí, pero dijo que en la caja ponía... BOMBA»—.

Gloria no lo pudo evitar. Volvió a echarse a reír a carcajadas.

Pablo estuvo tentado de contarle que la suegra del jefe también había aparecido en una alfombra. Eso le daría más credibilidad que cualquier otra cosa. Iba a congelársele la risa a Gloria. Pero al final le invadió cierta deuda de discreción y se limitó a decir:

—¿Qué?

—Nada —respondió Gloria sonriendo.

—Nada, no. Algo pensarás de todo esto.

Gloria giró en su taburete y aterrizó en el suelo.

—Que es la historia más disparatada que he oído en mi vida.

Cuando Gloria dejó la cafetería rumbo al despacho, Pablo miró su móvil. Tenía un largo mensaje de Victoria Grande Lagunas. Adjunta había una foto.

El jefe acababa de dar una clase magistral de una de sus peculiares técnicas de entrevista a Pablo. La víctima había sido un hombre de treinta años, de formación ingeniero con MBA, de profesión consultor, aspirante a ocupar un puesto directivo en una importante multinacional fabricante de electrodomésticos. Había llegado con su traje bien planchado, su camisa inmaculada y se había sentado con rectitud. Había salido hurgándose en la nariz.

—Yo lo llamo la técnica del mosqueo especular, especular de espejo, se entiende, aunque también se le puede llamar la técnica del moco. Tú empiezas a llevarte el dedo a la nariz, como disimuladamente, como para retirarte un moco que intuyes que está ahí, a la vista. Cuando lo hagas tres o cuatro veces, el entrevistado, a nada paranoico que sea (y créeme, Pablito, todos los somos), empezará a pensar que le estás mandando una señal de que a él le asoma un moco, o lo que sea, de la nariz. Es una fórmula sencilla de acción-reacción.

El jefe pareció dar por finalizado su discurso y Pablo no encontró nada que añadir.

—¿Traigo el resto de currícula? —preguntó.

—Ay, Pablito —dijo el jefe tecleando algo en el ordenador. Leyó algo y luego, levantando el dedo, dijo—: Fundéu. Te leo. Atento: «Según las normas ortográficas de las Academias de la Lengua del 2010, que anulan lo dispuesto tanto en el Diccionario (del 2001) como en el Diccionario panhispánico de dudas (del 2005), la palabra "currículum" se considera plenamente adaptada al español, por lo que se escribe con tilde y en redonda. Su plural (escucha bien, Pablito), su plural es "currículums", según la *Gramática* académica. En cambio, es impropio (¡impropio!, y repipi, eso te lo digo yo) el uso de "currícula" porque es el plural de la voz latina correspondiente, no de la española, y porque en español»... Blablablá.

El jefe se quedó con las cejas levantadas esperando la reacción de Pablito.

—¿Traigo los currículums, jefe?

—Así me gusta. Aprendes rápido... algunas cosas. Pero estábamos hablando de acción-reacción y me comenta Patri que no has felicitado a Carlota el año nuevo. Dice que te escribió y tú, nada.

—Tienes razón —admitió Pablo—. Soy un malqueda.

—No, eres un gilipollas —zanjó el jefe—. En esto.

—No te digo que no —dijo Pablo—. Pero he tenido unas navidades un poco complicadas.

—Por eso mismo, Pablito. Deja de complicarte la vida. Llama a Carlota.

Pablo, que hasta entonces estaba de pie junto a la puerta, se sentó en una de las dos sillas que había frente a la mesa de Javier.

—Con todos mis respetos, ¿no crees que tu insistencia puede ser contraproducente? No sé. Yo no tengo mucha experiencia como celestino, pero tengo entendido que lo normal es suscitar un poco de interés al principio, luego fingir desdén, ponerlo difícil, darle un poco de emoción, incluso mencionar un tercero interesado... Porque basta con que te empujen mucho hacia algo para que a uno le dé por oponer cierta resistencia, ¿no?

—Puede ser —dijo Javier—. Solo que olvidas un pequeño detalle, Pablito. Soy tu jefe. Y tú eres un fantástico subordinado. De lo demás, de lo mucho que te conviene estar con alguien como Carlota, de la felicidad que va a llegar a tu vida, te darás cuenta tú solito. Y mira, la verdad es que yo por mí no te daría tanto la lata con esto, pero mi mujer me está poniendo la cabeza como un bombo. Al parecer (no me explicó por qué), encandilaste a Carlota y va hasta al baño con el móvil pegado a la mano esperando una llamada o un mensaje tuyo.

—Todos vamos al baño con el móvil.

—Pero no con la esperanza de recibir un mensaje tuyo.

—Pues yo preferiría que no tuviera tantas expectativas. No me importaría quedar con ella. Pero saber que está esperando algo de mí me angustia.

Javier se incorporó en su asiento y apoyó los brazos encima de la mesa.

—Venga, Pablito. ¿Qué te cuesta? Mándale un maldito mensaje. Y ahora trae los currículums.

—Sí, jefe.

Querida Vicky:

Gracias por la foto. Te quedaba muy bien ese pintalabios. Siento mucho lo de tu abuela.

Mi madre llevó gafas, pero un vestido granate al concierto de Año Nuevo. Dijo que fue el día más feliz de su vida, quizá junto al día que hicimos un viaje juntos a Toledo, ella y yo, justo antes de Navidad. Mi hermana pequeña, Inés, se picó y dijo que cómo podía decir eso. Creía que el día más feliz de su vida sería, serían, los días que nacimos nosotros. Mis hermanas mayores, que han dado a luz, dieron la razón a mi madre. Para Inés fue como si le hubieran revelado que los Reyes Magos son los padres.

Saludos,

Pablo

Estás a punto de eliminar el mensaje

Guardar borrador **Eliminar**

Estimada señora Grande:

En relación con el proceso de selección en el que ha participado como candidata, le comunicamos que el proceso aún sigue abierto.

En cuanto tomemos una decisión, ya sea en un sentido u otro, le será comunicada.

Un cordial saludo,

Pablo Martín de las Heras F&C
Leaders on Leadership

> Estás a punto de eliminar el mensaje
> Guardar borrador **Eliminar**

Querida Vicky:

He sabido de otra persona más a la que le pasó lo mismo que a ti. Me refiero a lo de que tu madre apareciera en tu casa dentro de una alfombra.

No hablo de la mujer de mi jefe. Digo una tercera persona. Pensé que igual te interesaría saberlo.

Saludos,

Pablo

> Estás a punto de eliminar el mensaje
> Guardar borrador **Eliminar**

Hola, Vicky:

Me encantaría olvidar algunas cosas, pero tengo muy buena memoria. Lo que uno no puede olvidar no queda más remedio que intentar comprenderlo, o al menos así funciono yo, que apenas guardo sitio para fenómenos inexplicables.

Yo lo intento. Intento encontrar una explicación para lo que pasó. Me invento los datos que me faltan. Son fáciles de imaginar, o al menos a mí, que tampoco es que tenga mucha imaginación, me ha costado poco. Ahora lo comprendo.

Lo que uno comprende fácilmente lo perdona, si es que es eso lo que esperabas de mí. No me lo pediste, pero necesito decírtelo, decíroslo a todos. Creo que en mi vida he entonado un «te perdono» más humilde que este.

Házselo llegar a quien consideres oportuno.

Pablo

Estás a punto de eliminar el mensaje

Guardar borrador **Eliminar**

¡Hola, Carlota!
Perdón por no llamar antes
Feliz año!
¿Aún se vale? Jeje

Me debes un café por el retraso

Cuando quieras

Aprovechando que el padre de Vicky había ido al pueblo con sus hermanas a arreglar unos papeles, su madre había cenado en casa de Vicky y, después, se había instalado en aquel sofá que fue su cama durante un tiempo. Ante la tele, según era su costumbre, se había quedado dormida con el crucigrama sobre las piernas y el bolígrafo en la mano. Vicky no había querido despertarla. Pero lo hizo el sonido del teléfono.

—Qué raro... —se dijo Vicky antes de coger el teléfono.

Eran las once y media de la noche. Unos minutos más tarde y, dada su costumbre de silenciar el teléfono al ir a dormir, no habría oído la llamada.

—Vicky... —sonó al otro lado del teléfono la voz apurada de Ana—. Siento llamarte a estas horas.

Y se derrumbó antes de poder seguir hablando.

Vicky oía angustiada los sollozos de su amiga. Sintió un alivio inmenso al oír tras ella unos ruiditos que adjudicó al instante al bebé.

—¿Qué pasa, Ana? ¿Está todo bien?

—Es mi madre —sollozó antes de pasar a explicarle cómo se la habían llevado a urgencias en ambulancia después de que le diera un derrame cerebral.

Ante aquella noticia, Vicky solo supo oponer la fuerza de su pragmatismo.

—¿Quieres que haga algo? ¿Necesitas que vaya a cuidar al bebé mientras tú vas al hospital?

—No, tranquila. Está Enrique —dijo Ana un poco más serena—. Además, ha ido mi hermano. Yo iré por la mañana... Solo quería decírtelo. Lo siento. No sé por qué. Tenía que contárselo a alguien.

Más tarde, Vicky pensó si Enrique y Ana eran ya tan una misma cosa que él, que seguro que sabía la noticia, no contaba como «alguien» porque ya formaba parte de ella. Se preguntó, sin rencor, solo con curiosidad, cómo de sustituible era ella en esa ocasión. Si a Ana le habría dado igual llamar a Sandra o a Raquel o a una prima suya o a un número al azar. Lo había visto en el caso de su tía Pepa. Hablaba del bien que le hacía contarles «lo suyo», lo que sí contó, lo del cáncer, a los voluntarios del hospital.

«Tenía que contárselo a alguien», había dicho Ana.

«Bueno —pensó Vicky—. Ser alguien para alguien es prácticamente tener una misión en el mundo. Y tener una misión da sentido a la existencia».

—¿Qué pasa, hija? —preguntó asustada su madre en cuanto colgó el teléfono.

Vicky la miró y le cogió de la mano. Era un gesto tan extraño en ella que su madre giró la muñeca, no sabiendo si debía ponerla boca arriba o boca abajo.

—Es Eva, la madre de Ana. Le ha dado un derrame cerebral.

La madre de Vicky se llevó la mano libre a la boca.

—Madre mía, ¡pero si es muy joven! ¿Qué será? ¿Como yo? Sí, yo creo que sí. Estuvimos juntas antes de que te vinieras a vivir aquí, ¿te acuerdas? Cuando estabas en casa. Que un día vino Ana con su madre porque volvían de comprar juntas un abrigo, creo que sí, que era un abrigo. ¿No te acuerdas de que se quedó a tomar café? O no. Espera. Me parece que se tomó un té. Sí, creo que es de las que toman té. ¿No te has dado cuenta de que las personas que toman té son más..., más...?

Y la madre de Vicky siguió hilvanando teorías con recuerdos con inventos con refranes con anécdotas que no venían al caso pero que podían unirse a lo anterior con cualquier enlace subordinante, colgadas de un «pero», de un «además», de un «aunque», un «menos que», un «como», muchos «como»... Y Vicky la escuchó en silencio, sin dejar de oír de fondo en su cabeza los gemidos de su amiga Ana, sin reprochar su verborrea a su madre porque, por primera vez, se dio cuenta de que lo que su madre podía llevar haciendo toda la vida era anular el vacío, que no es otra cosa que un asomo de la muerte, llenándolo de palabras. Y todas aquellas quejas, todo aquel recuento de achaques que hasta entonces había juzgado tan ridículo desde su cerebro no derramado, sus pulmones impolutos, su colesterol bajo, sus productivos ovarios, sus músculos tensos, sus escasos treinta años de desgaste, todos aquellos dolores «aquí» se revelaron como lo que en realidad eran: un vano escudo contra ese hachazo invisible y homicida que acababa de empezar a derribar a otra madre que no era la suya.

—¿Qué tal, Pablito? —preguntó Gloria a la hora del café—. El otro día vi que te esperaba una chica a la salida del despacho. Parecía mona. Muy de tu estilo.

Pablo no pudo ocultar su sorpresa.

—¡Pero Gloria!

—Os vi desde el balcón.

—Te tenía por una mujer discreta. De hecho, creo que eres la primera mujer que conozco que no cuenta absolutamente nada de su vida privada —dijo Pablo.

—Normal, nadie habla de su vida privada. Si hablas, ya deja de ser privada. De lo que se habla entonces es de la vida pública. ¿Y de verdad crees que es cosa de las mujeres hablar de eso que llaman vida privada? ¿Acaso no tiene el jefe fotos de sus hijos en el despacho?

Gloria dio un sorbo al café. En el bolso sonó el móvil.

—Por ejemplo, ahora, ¿quién te llama? —preguntó Pablo señalándolo con un gesto de la cabeza.

—¿Te gustaría saberlo? —dijo Gloria mirando la pantalla de su móvil—. Número oculto. Apuesto a que es una llamada de trabajo.

—Ni siquiera sé si estás casada.

—Mira, Pablito, que podría ser tu madre.

Pablo se sonrojó.

—Era broma. Tranquilo. Hace años que dejaron de mirarme.

Pablo empezó a decir a Gloria lo estupenda que estaba y…

—Ya, ya, ya —le cortó Gloria—. La teoría me la sé. Pero volviendo a tu necesidad de saber de mi vida… Estoy casada. Tengo dos hijos que se han ido de casa. La pequeña se fue hace dos años. Supongo que si no doy la lata con mi vida «privada» es porque aún no tengo nietos ni fotos que enseñar mientras babeo. Lo digo porque he visto a amigos, hombres y mujeres, en esa fase, y sé que no se puede evitar. ¿Satisfecho?

Pablo asintió.

—Y ahora dime: ¿qué te aporta saber esa lista de parientes? ¿Cambia en algo quién soy?

El comentario le sonó vagamente familiar, como si alguien hubiera dicho algo parecido.

—La verdad es que, para mí, no. Sigues siendo la secretaria rata que nunca paga los cafés —dijo Pablo alargando un billete de cinco euros hacia el camarero—. Una cosa, Gloria. ¿Por qué decías que esa chica es «de mi estilo»?

—Y esa chica se llama… —preguntó Gloria.

—¿Qué te aporta saber su nombre? —la imitó Pablo—. ¿Cambia en algo quién sea?

Gloria se rindió.

—Bueno, es mona, como tú. Viste bien, como tú. Es pijilla, como tú. Lleva zapatos caros, como tú.

—Suena muy emocionante —dijo Pablo.

—Como tú —sentenció Gloria—. Por cierto, ¿no has sabido nada de nuestra amiga del baño? —preguntó señalando con la cabeza hacia la puerta del servicio.

A Pablo aquel giro inesperado en la conversación le pilló por sorpresa.

—No —mintió Pablo conscientemente.

No podía olvidar aquella carta que le había escrito Vicky. Y la foto.

La miraba de vez en cuando, ampliándola, sacando del encuadre todo lo que no fueran ellos dos. Se la sabía de memoria.

En ese momento, temió que su piel, tan presta a ponerse roja, lo estuviera delatando.

—Pues es una pena —dijo Gloria—, porque estoy haciendo ciertas averiguaciones sobre lo de la alfombra...

Y recogió el bolso que había arrojado al regazo de Pablo, saltó del taburete y se largó.

Pablo salió detrás corriendo.

—¡Gloria! ¡Espera!

¡Hola, Vicky!

Espero que estés bien.

Recibí tu mensaje y siento mucho lo de tu abuela. Aunque debo confesar que no pude evitar reírme con lo de la ropa interior roja. Me parto con tu prima Celia.

Perdona que no te haya respondido hasta ahora. He estado bastante ocupado.

Entre otras cosas... ¿Recuerdas aquel inicio de posible pareja? Bueno, pues ha pasado de inicio a camino intermedio. ¡Pero sigue siendo solo posible! (Sin flirteos). 😊

Otra cosa que me ha tenido ocupado y que supongo que te interesará más que lo anterior ha sido el trabajo. Y debo decir que aún no hay nada decidido respecto a tu proceso de selección. (Sin presiones). 😉

No te preocupes por nada.

Yo no lo hago.

Pablo

P. D.: He averiguado algo verdaderamente increíble sobre las madres que llegan dentro de alfombras. Si quieres, un día tomamos un café con churros y te lo cuento. ¡Es que no te lo vas a creer si te lo escribo!

Estás a punto de eliminar el mensaje

Guardar borrador **Eliminar**

Querida Vicky:

Muchas gracias por tu larga carta. Parecías temer que me molestara. Pero qué va. En absoluto. Al contrario. Me encantó.

Me gustó mucho saber de todos vosotros. Sentí lo de tu abuela. Hiciste que me imaginara a Ulises en medio de la carretera, esperándome.

Gracias. Es bonito imaginarse que alguien te espera en algún lugar.

No te puedes imaginar lo que he averiguado. Es sobre el origen de las alfombras con madre dentro. Creo que te gustaría saberlo. ¿Quieres que quedemos y te lo cuento?

Hasta pronto (espero),

Pablo

Estás a punto de eliminar el mensaje

Guardar borrador **Eliminar**

Estimada señora Grande:

Lamentamos comunicarle que...

¡No, que es broma!

Aún no hemos decidido nada, Vicky.

Quería que lo supieras para que no estuvieras reconcomiéndote. Además, quería que supieras que lo sucedido en Nochevieja no afecta en absoluto al proceso.

Recibí tu carta y me emocionó leerla. Sé que te debía una respuesta y no sé si tiene mucho sentido dártela a estas alturas. Siento mucho lo de tu abuela.

Un fuerte abrazo,

Pablo Martín de las Heras F&C
Leaders on Leadership

> Estás a punto de eliminar el mensaje
>
> Guardar borrador **Eliminar**

Querida Vicky:

Hace ya días, demasiados, que me escribiste.

No sabes cuánto me gustó tu carta. Siento que llego tarde a responder a todo lo que me contaste, pero aun así no quiero dejar de decirte que siento mucho lo de tu abuela.

Me acuerdo mucho de Nochevieja y, aunque seguramente te costará creerlo, casi siempre, cuando lo hago, me encuentro sonriendo. No hace falta que te diga que la parte de Nochevieja que recuerdo es la que corresponde al año pasado.

No sé si tiene mucho sentido que yo te corresponda ahora escribiéndote sobre lo que me sucedió en los días posteriores. Me resulta todo tan lejano... Mis padres volvieron de Viena, donde, sí, fueron muy felices, aunque mi madre no tiene ninguna chaqueta verde. Lo mejor de esos días fue sin duda la celebración de Reyes con mis sobrinos. Mi madre preparó sopa de almendras. Tendrías que probarla en justa correspondencia. Qué menos después de haberme plantado en tu cena familiar de Nochevieja. De verdad, me acordé de ti. No hay nada mejor en el mundo que esa sopa.

Aunque... ¡Ahora que caigo! Eres Mafalda en la imagen de wasap y Mafalda odia la sopa. Quizá tú también. Pero la sopa de almendras no es como seguramente te imaginas. La llaman «sopa» pero se toma de postre.

Perdona, siento que te estoy aburriendo con estas cosas y ahora mismo sería fácil borrarlas, pero tómatelo como una venganza por cómo conseguiste dormirme en el coche con tus batallitas familiares, aunque al final resultó que toda información se quedaba corta. (No es un reproche, te lo aseguro. Solo lo constato).

Por lo demás, he empezado a quedar con aquella posible pareja de la que te hablé... Ahora siento que, si no se hubiera vuelto todo tan serio entre tú y yo, porque uno no puede dejar de ponerse serio ante un cadáver, o dos, en este momento tendría que añadirte «sin flirteos». Pero ¿cómo?

Estás a punto de eliminar el mensaje

Guardar borrador **Eliminar**

Querida Vicky:

«Igual lo que quieres es solo silencio», decías en tu carta. Me da la impresión de que me lo estabas pidiendo. Mi madre me dice: «¿Y este? ¿No quieres este... (lo que sea)?». Es su manera de decirme lo que ella quiere que quiera.

Si es silencio lo que quieres de mí, no te lo reprocho. Entiendo que hayáis optado por él. Hablo de lo de tu tío. Cómo iba a romperlo.

Por mí no te preocupes. Estoy cómodo en silencio. En mi familia es parecido. No nos gustan los enfrentamientos abiertos. Preferimos los soterrados. He visto otras familias donde se discute, se grita, se pelea... No sé si es mejor. De verdad. Es solo así: ante un conflicto, unas familias gritan y otras familias callan. La mía y la tuya —veo— son de las que callan.

Yo también tuve un tío de los que gritaban, mala gente. Una vez —era yo pequeño—, en una cena familiar, no sé de qué hablaban pero sí recuerdo que sentí que el ambiente se estaba poniendo tenso como presienten los perros la tormenta. Recuerdo que mi tío entonces soltó: «¿Ya estamos con las pataditas por debajo de la mesa? ¿Qué pasa? ¿Que en esta casa no se puede hablar de nada?». Recuerdo a mi tía sonriendo bobamente, intentando recomponer el silencio que mi tío acababa de resquebrajar. Luego hubo gritos y mi tío acabó levantándose y se fue. Cuando dejó la mesa, todos siguieron con el «pásame el vino, por favor» como si nada hubiera ocurrido.

Tiene poco prestigio ese esfuerzo, el esfuerzo que hay que hacer para callar. Es más admirable —parece más valiente— el grito. Pero también la historia, creo, se ha ido conformando así, con capas de silencio ártico, un silencio que enfría los ánimos y guarda y suaviza las palabras hasta el momento preciso, el momento en que ya no estallará una guerra. Esa voluntad sostenida y colectiva de silencio es una sordina para la ira, aunque supongo que también puede ser una tapadera acomodaticia de la injusticia. Lo sé.

En fin, no soy quién para decir qué se pone sobre la mesa y qué se calla. Las patadas por debajo de la mesa deben quedar debajo de la mesa. Tú me has dado una y supongo que esperas una respuesta. Y mi respuesta es un asentimiento silencioso. Callaré.

Estás a punto de eliminar el mensaje

Guardar borrador **Eliminar**

UN MES MÁS TARDE

ELLA

En el instituto me hicieron aprender aquel poema de Jorge Manrique, el de los ríos que van a dar en la mar, que es el morir. No fue eso lo que más me impresionó. Cuando tienes quince años, ese mar se ve muy lejos. Da igual dónde vivas, tener quince años es estar en Madrid, una capital pertrechada en el centro de una península; sí, el mar existe a todo alrededor, pero lleva muchos kilómetros llegar hasta él.

Lo que más me chocó de aquel poema fue todo ese rollo de los reyes y los pastores, los ricos y los que viven por sus manos. Me parecía que el Manrique aquel era un aguafiestas de tomo y lomo. Yo entonces quería ser rica, porque durante un tiempo pensé que ser rico era ser feliz sin saber que solo daba facilidades, muchas facilidades.

Pero cuando llegué al tanatorio y vi aquel desfile de visones, me miré las bolisas de mi abrigo de paño comprado en Primark y me acordé de Manrique. Por mucho que dijera Manrique, las ojeras y los párpados hinchados de los de la sala ocho no se parecían en nada a los que lucíamos en la sala nueve, quizá porque el maquillaje de Deliplus no resulta tan cubriente como el de Estée Lauder. Lo que sí me gustó de que la sala donde estaba la madre de Ana se encontrara pegada a aquella otra sala de fallecido pudiente fue lo bien que olía. Salías al pasillo y te llegaba la fragancia de colonias caras. Llevaban las clásicas, supongo que no era cuestión de ponerse una de Jean-Paul Gaultier para ir a un funeral: Eau de Rochas, Escale à Portofino, Eau Sauvage, Loewe... Las conocía todas de cuando trabajé en el Primor. Bueno, y la de Loewe especialmente porque era la que usaba siempre Rodri.

Aquel paseíllo como por una perfumería de lujo me alivió especialmente después de que el bebé de Ana regurgitara sobre mi hombro y el olor agrio del vómito se me instalara en las meninges.

Mi madre había querido acompañarme al tanatorio. Pero le dije que mejor fuera al día siguiente, al funeral, y ella dijo que bueno, que así se recuperaba un poco porque se había levantado con un dolor «aquí».

Salí al baño a intentar limpiarme un poco la chaqueta, y entonces lo vi. Los vi. Porque primero vi a su jefe, el que me había entrevistado, el que había hecho todas las preguntas menos una. Y luego lo vi a él. Estaban con otro señor más, un hombre de casi dos metros.

El jefe me miró sin verme y siguió hablando con el hombre alto, pero, de pronto, cuando estaba decidida a retirar la mirada de ahí y salir corriendo a esconderme como debería haber hecho desde el principio, mejor dicho, desde el final, desde aquella maldita Nochevieja, en vez de enviarle aquella estúpida carta que ni siquiera sabía si había llegado a leer; pero entonces, digo, Pablo me vio.

Se quedó como me había quedado yo. Paralizado, confuso.

Recordé la última vez que nos habíamos mirado así, cara a cara. Él tenía las gafas llenas de gotas, una gabardina beige y un sombrero fedora como el que llevaba Humphrey Bogart en *Casablanca*...

No, estos detalles no. Ya estoy inventando otra vez.

Él llevaba las gafas llenas de gotas, el pelo mojado, caía aguanieve... Había un Volvo C30 gris entre nosotros. Había un perro junto a su pierna. Había una persona abrazándome —mi padre—, separándome del abrazo que antes me había unido a él. Había un haz de luz que salía de una casa. Había un hombre muerto rodeado de servilletas caídas, copas de champán y personas con gorros absurdos y narices postizas. Había al fondo de una mesa con cuencos donde aún quedaban uvas una cama con una anciana que parecía un unicornio y que aún respiraba.

Pero en aquel tanatorio no había nada de eso. Había un hombre trajeado que probablemente olía bien frente a una mujer a punto de llorar con un abrigo de Primark, los zapatos de los funerales y las entrevistas y un resto de vómito en el hombro derecho.

Pablo se separó de su jefe, vino hacia mí, susurró «¡Vicky!» y me abrazó. Olía a Armani, y yo ya iba a echarme a llorar irremediablemente cuando me di cuenta de que él acababa de poner la mano sobre el vómito del bebé. Al notar el tacto líquido y viscoso, me soltó como la tía Pepa le había soltado a él en el asiento de copiloto de aquel Volvo nada más darse cuenta de que no estaba abrazando a su sobrina.

—¡Lo siento! ¡Lo siento! ¡Perdona! —supliqué.

Él se miraba la mano y me miraba a mí sin alcanzar a comprender.

—Es el bebé... El hijo de una amiga... Lo tenía en brazos y... Me ha vomitado encima. Justo iba al baño a limpiarme...

Él sacudió la mano y me miró sonriendo.

—Entonces creo que tendré que acompañarte.

Yo asentí.

Hasta ahora nos habían unido una entrevista, la puerta de un baño que no se abre, una alfombra, un jabalí, un muerto y ahora un vómito. No podía imaginar lo próximo.

—Es asqueroso, ¿verdad?

—Repugnante —dijo él, pero al menos lo dijo con una sonrisa.

—A los padres del bebé no les da asco. Se ve que a mí me falta ese desactivador biológico de la pituitaria —dije, y me sentí orgullosa de haber sido capaz de decir una gracieta así, tan rápidamente, sin preparación.

—No —repuso Pablo, con su máster en hijos de hermanas—. Se ve que no es tu hijo. Espera un momento.

Entonces se acercó otra vez a su jefe para decirle:

—Ahora vuelvo.

Comenzamos a andar a la par sonriendo como bobos, en dirección a la salida.

—¿Sabes dónde están los baños? —pregunté yo. Él señaló hacia el fondo, a la derecha—. Perdona, ni siquiera te he preguntado qué haces aquí...

—¡Ni yo! —dijo él. Parecía como si en ese momento acabara de caer en la cuenta de que estábamos en un tanatorio—. ¿Estás bien? —me preguntó entonces apurado.

—Sí. Bueno. Ha muerto la madre de una amiga mía, Ana. La abuela del bebé que...

—Lo siento —dijo.

Y, aunque no podía sentirlo mucho porque era la primera vez que oía hablar de esa persona, sonó triste de verdad. Quizá lo estuviera. Lo cierto es que yo aún no había averiguado qué hacía él allí.

—¿Y tú?

Nos íbamos mirando de refilón.

—Bueno, no es alguien a quien conociera mucho... La vi solo una vez. Ha fallecido la suegra de mi jefe.

Enseguida me di cuenta de la diferencia. Yo había dicho «muerto», y él «fallecido». No es que mi vocabulario no fuera amplio; lo era, y mucho, pero era como si él tuviera una tendencia natural a utilizar siempre una palabra un pelín (él habría dicho «ápice») más elaborada que la que usaría yo sin resultar pedante. A su lado, me sentía una concursante de *La isla de las tentaciones*.

—De hecho, ahora que lo pienso, sí que te comenté algo de ella. ¡Es precisamente la mujer de la que quise hablarte!, la que apareció en una alfombra en casa de su hija. —Dejé de andar, pero él no dejó de hablar, aunque todo lo que dijera a continuación no tendría la menor importancia para mí—. Por cierto, no te vas a creer lo que he averiguado. Quería contártelo, pero no sabía...

Sí, recordaba perfectamente aquel wasap en que me decía que había conocido a alguien cuya madre había aparecido en una alfombra, aquel wasap que se cruzó con el de Rodri y que nos llevó a una especie de cita, se suponía que para hablar de aquello. Y también recuerdo cómo, para dar verosimilitud a aquella coartada, él, nada más llegar al Maricastaña, pidió una infusión y se puso a hablarme de la mujer de su jefe y yo, aterrada ante lo que pudiera contarme y con esa habilidad heredada de mi madre para hilar una historia con otra y con otra y con la de más allá, le saqué de aquella conversación para acabar hablando de mi alergia al pelo de gato y de las piscinas de ozono, y de cómo me gustaba quitar y poner las cabezas de las muñecas de pequeña, y de... Y fue por aquel café sin café, donde todo fue tan fácil, tan risueño, tan suave, por lo que seguimos mandándonos mensajes hasta que Pablo acabó ofreciéndose como blablacar. Pero, por más vueltas que le diera, por más digresiones que añadiera, cómo iba a olvidar aquella historia original, la de la madre que llegó en una alfombra, si aquella historia era mi historia.

Aquella historia no podía ser de nadie más. Era imposible.

—¿Cómo se llama? —pregunté.

—¿Quién? ¿La suegra de mi jefe? La verdad es que no me acuerdo, pero lo pondrá en la sala.

—No, no —le aclaré—. Digo la mujer de tu jefe. Su hija.

Él respondió automáticamente.

—Patri, ¿por? Patri...

—Nada, nada.

Habíamos llegado a la puerta de los baños.

En ese momento, él debió de recordar cuando me quedé encerrada en el baño porque se despidió de mí diciendo:

—Si me necesitas, silba.

Nada más llegar al baño, lo primero que hice, antes de quitarme el abrigo y frotarlo con agua y jabón, fue sacar del bolso la barra de labios que me había regalado mi prima Celia, ponerme ante el espejo y pintarme. Cuando terminé, junté los labios, primero hacia dentro. Luego hacia fuera. Como si fuera a silbar.

Mientras dejaba que el abrigo se secara bajo el chorro de aire caliente, saqué el móvil, dispuesta a escribir a Ana para decirle que tenía que irme. Pero no pude. No podía irme así. Tendría que ir hasta allí, cruzar como un fantasma por delante de la sala ocho y refugiarme dentro de la sala nueve.

ÉL

La esperé a la salida del baño, unos metros más allá. No quería parecer un acosador. Me había visto en el espejo mientras me lavaba las manos. No podía parar de sonreír como un idiota. Ahí fuera era consciente de que seguía haciéndolo.

Hice un esfuerzo por no sonreír. Nunca me había dado cuenta de lo que cuesta. Se habla mucho de los esfuerzos por sonreír. No se habla nada de lo contrario. Se ve que abunda más la desgracia. Pero hay veces en que no sonreír cuesta.

Recordaba la primera vez que me acosté con Isabela. Al día siguiente estaba así. No recordaba muchas más veces en las que me sintiera poseído por una sonrisa que escapaba a mi voluntad. Deseé más veces como aquella.

Aún tenía mucho que contar a Vicky, todo lo que me había contado Gloria sobre la BOMBA... Podríamos estar horas. Pero la cafetería del tanatorio no parecía un gran sitio para hablar. Y el funeral por la suegra del jefe empezaría dentro de media hora. Tendríamos que quedar.

De repente, me di cuenta: no le había dicho nada a Vicky de lo de su abuela. Qué torpe. Había releído su carta tantas veces, había escrito tantos borradores de respuesta que no había llegado a enviar que casi daba por hecho que le había dado el pésame. Cuando saliera del baño, se lo diría. Tenía que quitarme esa sonrisa de idiota *ipso facto*.

—Siento mucho lo de tu abuela —le dije nada más verla salir, quizá demasiado precipitadamente. Lo demás salió solo, mientras caminábamos de vuelta, macerado en tantos borradores—. Perdona. No respondí tu carta. Me gustó mucho leerla. Tenía que haberte dado las gracias. Por la carta. Me gustó que me contaras aquello de Ulises.

Ella me miraba fijamente a los ojos. Era imposible saber qué estaba pensando en ese momento.

En el baño se había pintado los labios del mismo color que en aquella foto que tantas veces había mirado. Me pareció una buena señal.

—Perdona, pero no pude evitar reírme con lo de la ropa interior.

Vicky entonces también rio. Alentado por su risa, solté:

—¿Te imaginas que ahora mismo la suegra de mi jefe...?

Era un comentario de mal gusto, un comentario idiota, un comentario que oyó... Carlota.

Me dio un beso, me cogió del brazo y dijo:

—¿Que la suegra de tu jefe qué?

Vi cómo Vicky la miraba y luego miraba nuestros brazos cogidos. Por nada del mundo podía terminar aquella frase con «lleva en este momento, dentro de ese ataúd con una cruz metálica, unas bragas rojas».

Tampoco hizo falta, porque Carlota no esperó respuesta y directamente se presentó a Vicky.

—Hola, soy Carlota —dijo, y le dio dos besos.

—Yo soy Vicky —dijo ella. Acción-reacción.

—¿De qué conocías a Mercedes?

Mercedes, eso es. Ese era el nombre de la suegra del jefe.

—No, no... Yo... Yo iba a otro funeral...

Parecía azorada.

—Sí, es una amiga —dije sin saber muy bien si era cierto. Pero ¿qué iba a decir? ¿«Una candidata»? Y aún peor, ¿cómo iba a presentar a Carlota? De repente, me fastidió lo indecible tener que revelar que ella, Carlota, era aquella posible pareja—. Nos hemos encontrado aquí. Fíjate qué casualidad.

—Disculpad —me interrumpió Vicky—. Tengo que irme.

Y se fue como con prisa, sin despedirse, como si hubiera visto un fantasma.

Yo la seguí con la mirada.

El jefe y su mujer nos salieron al paso.

—¿Cómo estás, Patri? Lo siento mucho —dijo Carlota abrazando a su jefa.

—¿Quién era esa chica? Me suena de algo... —preguntó Patri. Su voz sonaba cansada. Acostumbrada a verla siempre sonriente en las fotos del despacho del jefe, o en aquella cena en su casa, me pareció una persona diferente.

El jefe se dio la vuelta para mirarla. Apenas vio su melena ondulada y su abrigo recién restregado entrando en la sala contigua.

—¿No era aquella candidata...? —me preguntó, pero en ese momento llegaron unos parientes de Patri y abandonamos la rueda de identificación por los besos, los apretones de manos y los pésames.

Patri se quedó recibiendo abrazos de sus parientes y Javier nos propuso a Carlota y a mí que subiéramos a tomar algo.

Nos sentamos en la barra y pedimos dos cortados y un café con leche.

—¡Dos cortados y un café con leche! —retransmitió el camarero de la barra al que estaba junto a la máquina de café.

Carlota escribía algo en su móvil. Javier y yo mirábamos al frente. Mientras el café caía en las tazas, el camarero que estaba de espaldas iba preparando los platos y las cucharas. De pronto debió de ver que una de las cucharillas estaba algo sucia. Giró la cabeza a un lado y a otro, y cuando creía que nadie le veía, le echó el aliento, la frotó con su chaqueta blanca y la dejó, brillante y repleta de miasmas, sobre el platito donde inmediatamente después colocó la taza grande, la del café con leche.

Cuando se giró para acercar el servicio a su compañero de la barra, el jefe comentó:

—Sí que era perfeccionista el cabrón, sí.

No me lo podía creer. Era él. El candidato perfeccionista al que se le cayó un botón de la manga.

—Es él, ¿verdad? —comenté estupefacto al jefe. El jefe asintió y se llevó la mano al bolsillo del traje.

—Mierda —mascullό—. A saber dónde lo metí.

Ya solo faltaba eso, que el jefe tuviera el botón del traje, aquel que recogió en la sala de espera, y se lo devolviera.

—Es que no me lo creo... Es increíble. ¿Te das cuenta, qué casualidad?

El jefe no parecía tan impresionado.

—Todos los caminos llevan a Roma, Pablito..., suponiendo que Roma sea el nombre de un maldito tanatorio. ¿No te acabas de encontrar tú a alguien que conocías? Solo la he visto de espaldas, y el caso es que me sonaba...

—Sí, ¿quién era? —se incorporó a la conversación Carlota.

—¿El café con leche? —preguntó el camarero.

—Para ella —dijimos al unísono el jefe y yo.

El trajín de los cafés me dio un poco de tiempo para pensar qué decir. Si confesaba que era la candidata a la que entrevistamos, y el jefe la recordaría, porque su memoria era prodigiosa y más cuando se trataba de recordar gente que calzara tacones, si decía que era Victoria Grande, tendría que explicar por qué la había abrazado con tanta familiaridad y dónde había ido —y tendría que decir: «al baño»— y de qué habíamos hablado, cuando se suponía que no podíamos comentar con los candidatos ninguno de los pormenores de su proceso de selección. Opté entonces por decir que era una amiga de mi hermana. Tenía una larga experiencia en interponer a mis hermanas como escudo. Y funcionó. El tema pasó a no tener el menor interés y Javier pasó a comentarnos cómo habían reaccionado los niños a la muerte de la abuela, cómo estaba Patri...

—Esa misma tarde discutió con su madre. Discutió... Vaya, como se puede discutir con una persona que tiene demencia senil. Pero, claro, se siente fatal. —El jefe tomó un sorbo de café—. Por mucho que le diga... No sé cómo hacerla entender que no tiene por qué sentirse culpable. Joder con el puto sentimiento de culpabilidad.

—Me suena —dije yo.

—¿Qué te va a sonar? Te digo una cosa, Pablito, como gran conocedor del género humano que soy, y los géneros de este género: nosotros, los hombres, no tenemos ni puta idea.

—Por eso lo digo. Me suena. De mis hermanas.

—¿Lo ves? —insistió el jefe—. Las mujeres. Lo cogen y no lo sueltan. ¿A que sí, Carlota?

Carlota se encogió de hombros.

—Ni que lo hiciéramos por gusto. Además, no creo que yo venga dotada con una carga genética extra de culpabilidad, la verdad —dijo por fin. Me sorprendió que no se plegara al diagnóstico del jefe e intentara elaborar su propia teoría—. Al menos no mayor que la de mis hermanos.

El jefe la miró como quien mira una cebra negra y azul.

—Espera y verás.

Hasta ahí llegó la oposición de Carlota.

En ese momento supe que no tenía las menores ganas de quedarme ahí, en esa espera, para verlo.

ELLA

Entré en la sala nueve y fui directa a abrazar a Ana. Aunque hacía una hora que había llegado al tanatorio para estar con ella y ya había abrazado a aquella mujer huérfana en la que ahora se había convertido mi amiga, ella no se extrañó. Supongo que ahora que no iba a tener los de su madre, viviría para siempre necesitada de abrazos, abrazos que nunca llegarían a calentarla, a sostenerla, porque para eso sirven los abrazos, como lo hacían los de su madre.

Esta vez la que lloraba desconsolada era yo. Me sentí muy mezquina porque sabía que la causa directa de aquellas lágrimas no era el querer acompañar a Ana en su sentimiento; eran lágrimas que nacían única y exclusivamente de mis sentimientos, mis confusos y extraños sentimientos.

—No sabes cómo la necesito aún —me dijo Ana—. No sé si podré sola con Marcos.

—No estás sola —le recordé, sabiendo que había algo en todo aquello de ser madre que se me escapaba, algo que jamás llegaría a comprender a menos que yo llegara a ser madre también.

Llegó una prima de su madre. Se abrazó a Ana. Dijo aquello que ya estaba harta de oír entre aquel desfile de parientes, conocidos y amigos: «Por lo menos ha conocido a su nieto». Y Ana se calló lo que pensaba: que aún tenía mucho que conocer de su nieto, y a su nieto le quedaban muchos cuentos por oír de su abuela. Aunque, si algo le servía de consuelo, según me confesó, era pensar que Marcos era tan pequeño aún que no hacía falta explicarle que su abuela había muerto, porque eso, la tristeza de su hijo, la habría matado. Pero su hijo seguía riendo igual cuando le apretabas en las piernotas gordezuelas, como si tuviera ahí un botón de la risa, sin saber que, en su pequeño mundo, ya había dos manos menos para hacerlo.

—Lo siento mucho, Ana. Me voy a tener que ir.

—Sí, claro —dijo Ana comprensiva—. Tendrás que entrar a trabajar.

—Sí —le mentí. Ese día libraba—. Te llamo en cuanto tenga un hueco.

Y entonces fui a cruzar la puerta, pero no pude. La única forma de salir del edificio era pasando delante de la puerta de la sala ocho y me sentía incapaz de asumir el riesgo de pasar por ahí.

Saqué el móvil y miré el calendario ostentosamente.

—¡Pero qué tonta! ¡Si hoy libro!

Ana se me abrazó y pude sentir su agradecimiento en cada falange, apretando mi espalda, porque la mayoría de lo que los demás sienten por nosotros —sea bueno o malo— acaba traduciéndose en algún tipo de presión —un empujón, un beso—.

Cuando me soltó, me quité el abrigo, lo colgué del carrito de Marcos y me lo llevé conmigo. Coloqué el carrito frente al asiento que quedaba oculto en un recodo de la sala y me quedé ahí, atrincherada, al otro lado de un cristal que me separaba de una madre que ya no respiraba y yacía dentro de una caja de madera. Jugaba con Marcos sin mucho éxito, porque él no parecía reírse mucho conmigo.

Pero mientras siguiera ahí, nadie me vería. Yo tampoco veía a nadie.

Si miraba por un lateral, lo único que acertaría a ver serían los zapatos de la gente. Veía los zapatos Camper de Ana, las zapatillas de Enrique, unos zapatos de ancho especial que mi madre habría sabido situar exactamente en el mapamundi de la zapatería junto al metro, unos zapatos brillantes que entraron y salieron rápidamente, las bailarinas de, supuse, la prima de Ana…

ÉL

El jefe y Carlota bajaron delante de mí. Dije que se adelantaran y volví a ir al baño. Entré. Había dos hombres en sendos urinarios. Me metí en uno de los cubículos. Cogí un trozo de papel higiénico. Me abrillanté los zapatos y salí.

Me lavé las manos ante el espejo y volví a olérmelas.

Jabón.

Cuando salí del baño pasé de largo la sala ocho, como quien no quiere la cosa, y asomé la cabeza un instante en la sala nueve, pero no vi a Vicky. Ya casi era la hora del funeral.

Volví a la sala ocho. Carlota se me colgó del brazo y fuimos juntos hasta la capilla.

A la salida, me encontré en un corrillo donde se comentaban las palabras del sacerdote. No pude aportar ni un comentario. No me había enterado de nada.

Acompañamos a la comitiva hasta el panteón. El jefe iba delante del todo, de la mano de Patri.

De repente, se quedó parado. Miró hacia atrás y me buscó con la mirada. Cuando me localizó, hizo un gesto con la cabeza hacia un nicho. Al llegar a la altura del nicho señalado, me paré. Parecía cementado recientemente. Tenía una placa provisional con el nombre del fallecido y unas flores frescas, un ramo de crisantemos amarillos.

«Julián Iturbide», leí.

¿De qué me sonaba ese nombre? Había muerto el 5 de diciembre del año pasado. Había nacido el mismo año y el mismo día que yo.

Y entonces lo recordé. Era aquel candidato que no llegó a acudir a la cita.

Cuando acabó la ceremonia, el jefe se me acercó a comentarlo.

—¿Lo ves, Pablito? Cuando no vino ese candidato, pensamos que nos había hecho perder nuestro precioso tiempo. Y lo hizo. Todo el tiempo es precioso. Y si un día lo olvidas, puedes venir a este sitio lleno de agujeros en la tierra para recordarlo. Claro que, para sitio con agujeros en el suelo donde ocupar tu precioso tiempo, yo te recomendaría el campo de golf.

Y se fue a abrazar a Patri.

—Qué bien —dijo Carlota, pegándose a mí—. No me habías dicho que jugabas al golf. Podríamos ir el domingo si sale soleado.

Un día soleado también podía ser, de otra forma, un precioso tiempo, pero yo ya tenía una idea de cómo ocupar el mío, saliera soleado o nuboso.

Querida Vicky:

Me gustó mucho verte, aunque fuera en el tanatorio.

Me quedé con ganas de contarte lo de la alfombra. En realidad, es una historia que me contó Gloria. ¿Te acuerdas de Gloria? Te abrió la puerta del baño donde te quedaste encerrada.

El caso es que le conté lo de tu madre y la alfombra y... Ella conocía a otra mujer a la que le había pasado lo mismo. ¡Además de la mujer de mi jefe! Al principio, no me quiso decir nada. Pero al final...

Ya sé que esto te va a parecer de lo más rocambolesco, pero solo te cuento lo que me contó Gloria. Ella tiene dos hijos mayores. Ya se han ido de casa, los echa mucho de menos. Su hijo se fue hace tiempo y apenas lo ve. Su hija acaba de irse a vivir a un piso compartido. El marido de Gloria se ha jubilado y, según ella, está «difícil de soportar».

Pues resulta que Gloria comentó todo esto en clase de pilates y le hablaron de BOMBA, que es el acrónimo de «banda organizada de madres beatificables arrinconadas».

Se trata de una banda armada que impone el terror de su cariño a hijos que han decidido renunciar a él. Bueno, esto no me lo contó así Gloria. Esta es mi interpretación.

Pero ¿cómo describir si no la actividad de una panda de mujeres que deciden unilateralmente reinsertarse en la vida de hijos que ya habían decidido vivir sin ellas?

La mayoría son hijas, o hijos, que aún no han dado nietos a sus madres, y por tanto aún no han vuelto a ellas mendigando sus cuidados, cuando no esclavizándolas como cuidadoras. Gloria, claro está, lo justificaba y hablaba de lo mucho que los hijos las necesitaban y cómo mejoraban de forma espectacular las condiciones de vida de los hijos donde se reinsertaban sus madres.

El *modus operandi* de esta banda es muy sencillo. Conocen las direcciones de las, digamos, «víctimas». Se compinchan con algún amigo para meterse dentro de una alfombra y de una caja a última hora para que las suba. Les dicen que es para una sorpresa. La única dirección que aparece en la caja es la del hijo o hija en cuestión. No se resisten a poner «BOMBA», la firma de su banda. Es como una pequeña broma. Los hijos se quedan con las madres. No han recibido nunca una devolución. No sabrían adónde mandarla. Debe de ser como lo que tú dijiste. Los hijos asumen la reaparición de sus madres con naturalidad.

No como algo esotérico ni nada de eso, como quien abre un grifo y sale agua. Desenrollas una alfombra y sale tu madre. Así:

WTF

Estás a punto de eliminar el mensaje

Guardar borrador **Eliminar**

ELLA

—¿Cómo estás, Ana?

—No me preguntes eso, Vicky. Tú no. Ya sabes que mal.

—Lo sé. Perdona.

—No. Perdona tú —dijo Ana al otro lado del teléfono. Casi la oí vacilar—. Pero es que es un alivio poder ser borde con alguien, y te ha tocado. Lo siento. Ya sabes. Donde hay confianza…

—Atasco —terminé yo.

—Atasco, no. «Da asco» —dijo Ana.

—¿No es «Donde hay confianza, atasco»? Mi madre ha dicho toda la vida…

Entonces caí en la cuenta de que mi madre era una experta tuneando refranes. Y yo toda la vida lo había dicho mal.

—Estoy tan ocupada con Marcos que no tengo ni tiempo de estar triste —me dijo Ana—. Pero cada llamada… Por suerte la gente manda más wasaps y mensajes que otra cosa. Pero me agota este estadio permanente de tristeza. Y eso que presiento que después será peor. Cuando ya no tenga excusa para concentrarme en esta tristeza, cuando el mundo se olvide de que ahora soy huérfana y me obligue a ocuparme de mi vida como si nada… ¡Qué voy a hacer, Vicky!

No era una pregunta. Era solo una exclamación. Estaba claro que yo no podía darle ninguna respuesta.

—Mi madre te manda un abrazo muy fuerte —dije guiñando un ojo a mi madre, que estaba a mi lado, en el sofá.

—Dile que si necesita cualquier cosa... —gritó mi madre, tanto que no hizo ni falta transmitírselo.

—La verdad es que Marcos se lleva fenomenal con tu madre... —dijo Ana—. Buenas noches, Vicky.

—Buenas noches.

—¡Espera!

—¿Sí?

—¿Y tú? ¿Qué tal estás? —me preguntó de sorpresa—. Me da la sensación de que te tengo abandonada.

—Tranquila, estoy bien —mentí.

—¡Ay! ¿Sabes ya algo de la entrevista?

Me quemaba el encuentro con Pablo en el tanatorio en la lengua.

Pero el bebé se echó a llorar.

—Nada. ¡Besos!

—¡Chao!

Querida Vicky:

Te fuiste de repente y no me pude despedir de ti.
Me gustó mucho verte.

Quiero que sepas que yo no decido nada en tu proceso. De momento sé que está paralizado porque el cliente se está replanteando el puesto. En cualquier caso, si finalmente lo retoman, será el jefe quien tome la decisión.

Tenía que habértelo dicho antes. Perdona.

Hay una historia que te quiero contar. He intentado escribírtela, pero, cuando la he releído, me ha sonado tan ridícula que no he sido capaz de enviártela.

Pero es graciosa. Si quieres, quedamos y te la cuento.
Es sobre madres y alfombras.

Un abrazo
(Sin vómito de bebé)
(Sin flirteo),

Pablo

Enviar

ELLA

«Es sobre madres y alfombras».

Si no hubiera escrito esa frase, yo le habría respondido. Pero aquella frase me instaló en el terror. Y además estaba aquella informalidad de todo el mensaje que me pareció tan falsa, comparada con el tono del mensaje que le había escrito yo.

No es que esperara que respondiera a mi carta. En cierto modo, ya lo había hecho en el tanatorio, y mirándome a los ojos, cuando me dijo que sentía lo de mi abuela, y que le había gustado la carta y que gracias por contarle lo de Ulises. Porque además no dijo «el perro», o «el mastín». Me gustó que recordara el nombre de Ulises. Me gustó también que no mencionara a mi tío, claro que yo tampoco lo había mencionado en mi carta, porque hay cosas que no vale la pena mencionar, y ya sé que hay cosas que, de no mencionarlas, acaban creciendo como agujeros negros y lo engullen todo, pero estaba segura de que esto no, este hombre miserable que había sido engullido por la tierra, el silencio y una sencilla explicación —se atragantó y no pudimos hacer nada— ya prácticamente había dejado de existir por completo porque nadie quería recordarlo, y la única que quizá querría hacerlo, la única persona en el mundo capaz de perdonarle todo, que era, cómo no, su madre, tenía alzhéimer y ya no podría hacerlo.

Y ojalá yo hubiera olvidado también, porque me habría encantado no acordarme de Patri y responder con verdadera despreocupación.

Pero me acordaba de cierta Patri, recordaba de qué la conocía, y sabía que todo lo de la alfombra había nacido justo ahí, y por eso, ahora que sabía que Pablo y ella se conocían, su mensaje no dejaba de parecerme una trampa.

Es por eso que opté por el silencio, que parecía un paso firme hacia el maldito y sensato olvido. Pero había una cara como de bebé que se me aparecía de vez en cuando y una mancha a medio limpiar en un viejo abrigo de Primark que me recordaba a otro bebé, sí, pero también me recordaba un abrazo.

ÉL

De postre, mi madre trajo una fuente con polvorones.

—No esperéis más. Son los últimos que quedan —comentó nada más dejarla.

—No está mal. Otros años han durado hasta abril —dijo mi padre.

—No exageres. Tampoco han durado tanto esta vez —repuso mi madre—. Tus nietos aún no han roto ninguno de los regalos de Reyes. Y a mí aún me parece estar saboreando la sopa de almendras, que no es por nada pero me quedó espectacular, ¿a que sí?

Mi padre asintió.

—Estaba de muerte, mamá —dijo mi hermana.

—Y lo bien que lo pasamos cuando fuimos a por la pasta de almendras, ¿verdad, Pablito?

Yo asentí.

—Tenemos que hacer otra excursión.

Yo seguí asintiendo.

Era jueves.

Ya sabía lo que haría al día siguiente.

ÉL

Me levanté a la hora de siempre y llamé tumbado en la cama para que mi voz sonara más ronca. Dejé un mensaje en el contestador de la oficina:

Hola, soy Pablo. Ayer me acosté con fiebre y me he levantado fatal. He mirado la agenda y no tengo ninguna reunión, así que creo que me quedaré en casa. Intentaré adelantar trabajo desde aquí. De todas maneras, estaré pendiente del correo para cualquier cosa.

Me vestí. Me puse una camiseta, un jersey, unos vaqueros, las deportivas verdes.

Cuando iba a salir de casa, me crucé en la puerta de la cocina con mi madre, que iba a desayunar.

—¿Qué haces vestido así?

—Voy en misión especial —le dije aventurero.

Ella no preguntó más. Me dio un beso y dijo:

—Tú estás guapo de todas formas.

—Tú me ves guapo de todas formas.

—¡Es verdad! —gritó desde la cocina Inés.

Yo me asomé.

—¿Qué es verdad? ¿Qué siempre estoy guapo o que mamá me ve siempre guapo?

—Lo segundo —contestó Inés sin inmutarse—. Suerte en tu misión especial.

—Gracias —dije—. La voy a necesitar.

Me puse la cazadora, me miré en el espejo de la entrada, que ahora era la salida, y me vi como me veía mi madre. Me acordé de Patri.

¿Se vería ahora más fea, ahora que no la miraban con ojos de madre? Aparté la idea al instante, porque pensar en Patri me llevaba a pensar en mi jefe y pensar en mi jefe me recordaba que estaba escaqueándome del trabajo y... No podía dejar que «el fantástico subordinado» que soy hiciera dudar al kamikaze que pretendía ser.

Fui a coger el cercanías. No tuve que esperar. Fue entrar en el andén y llegar el tren. Me subí y me quedé en la plataforma intermedia. No sentía la menor necesidad de sentarme. Al otro lado de la puerta, había un hombre que me resultaba vagamente familiar.

En Recoletos, se subieron dos rubios con mochilas y maletas. Si no eran extranjeros, lo disimulaban muy bien.

—¿Atocha? —dijo el hombre que me sonaba.

—*Atoucha* —respondieron ellos sonrientes.

—No para en Atocha —dijo el hombre sin inmutarse—. Este tren no.

Y entonces lo reconocí. Era el mismo hombre que había hecho que mi madre se bajara del cercanías. ¿Por qué lo hacía? ¿Para poner a prueba la seguridad siempre bamboleante del viajero? ¿Era un servicio público para que los turistas perdieran sus trenes, sus vuelos y alargaran su estancia en España? ¿Era el deporte de un tarado? ¿Cuántos habrían caído ya en su trampa? ¿Cuántos le habrían creído?

Los guiris lo miraban confundidos. El más bajo cogió la maleta dispuesto a bajarla de nuevo al andén.

—¡No! —les grité—. *Don't worry. It's OK. You are in the right train.*

El que se bajó fue el hombre. Los rubios me miraron. Yo me encogí de hombros y les señalé el letrero que anunciaba las próximas paradas.

Bajé en Atocha y, cuando quise darme cuenta, estaba corriendo hacia el punto de venta de billetes. Paré un momento detrás de la puerta de cristal. Desde lejos la vi. Sí, esta vez sí. Estaba en salidas inmediatas.

Llevaba el pelo recogido en una coleta.

Sentí un pinchazo, una herida, un destello, una reacción imposible de controlar. Una punzada.

Me detuve para coger aire porque no quería llegar herido y jadeante y que pareciera que tenía prisa y que necesitaba que me despacharan a toda velocidad.

A un lado tenía el expendedor de ramos de flores. Por un momento, pensé si debía o no debía comprar un ramo de flores para dejarlo encima del mostrador de forma casual a la mujer que iba a sacarme un billete de tren a Toledo o, con suerte y dependiendo de su horario de trabajo, dos. Pero no pensé más. Iba a entrar en acción.

Era un kamikaze.

ELLA

Lo vi antes de que él me viera. O eso creía yo. Me agaché al instante, sin pensarlo. Desaparecí del mostrador como un pato tiroteado en una feria.

El hombre que esperaba un billete a Valencia debió de pensar que estaba loca, o enferma. Cuando el billete salió de la impresora, estiré la mano y lo dejé encima del mostrador.

—¿Se encuentra bien? —preguntó asomándose.

—Sí, sí —dije frotándome el pie derecho con mucho cuento—. Es que me ha dado un tirón. Perdone. Ahí tiene. Por favor, compruebe que la fecha y el horario son los correctos.

El hombre miró el billete, volvió a asomarse por encima del mostrador y se fue.

—¡Vero! ¡Vero! —llamé en susurros a mi compañera de la ventanilla de al lado. Acababa de apagar el monitor externo que anunciaba el turno en mi puesto. Ahora aparecía como fuera de servicio—. Lo siento. Tengo que irme un momento.

—¿Estás bien? —preguntó Vero.

Yo seguía agachada.

—Sí, sí. Es que no puedo levantarme, pero me retiro un momentito y se me pasa.

—Claro, claro —dijo Vero—. ¿A las 12:30? —preguntó a alguien al otro lado del mostrador. Y luego, se volvió a decirme—: Si necesitas algo, avisa.

Yo sabía que si salía de la sala de pie me exponía a que él me viera, así que finalmente decidí quedarme sentada en el suelo, pegada al mostrador.

Entre cliente y cliente, Vero me preguntó:

—¿Seguro que estás bien? ¿Quieres que te acompañe al baño?

—No, no. Es solo un tirón. —No se me ocurría otra cosa para quedarme sentada en el suelo, así que volví a frotarme el empeine como si me fuera la vida en ello, y a poner cara de dolor, y a decir «Uy», y a lamentar no haber heredado la habilidad para la queja de mi madre, que habría hecho todo mucho más verosímil y sencillo. Y entonces recordé: los detalles; todo era cuestión de dar detalles, pero no se me ocurría nada que contar para justificar un tirón en el empeine en ese momento, porque las únicas veces que me había dado un tirón ahí era nadando o estando encima de Rodri y no precisamente vendiendo billetes. Menos mal que se me ocurrió algo—. Deben de ser los zapatos que he estrenado hoy. Son de cuña. Y no estoy acostumbrada…

—Ya te contaré luego qué me da a mí tirones en el pie —me dijo Vero. Y por el tono en que lo dijo, me dio por pensar que igual yo no era tan especial en eso como me creía. Igual no era especial en nada. Igual creerse especial era solo cuestión de ignorancia y bastaba con compartir confidencias con quien trabajaba al lado de ti, con quien viajaba colgado de la misma barra de vagón de metro o en el vagón que salía en sentido contrario, para darte cuenta de que lo único que nos distinguía a unos y a otros eran cuatro detalles de nada.

Pasados unos minutos, aproveché que la clienta de Vero parecía entretenida buscando la cartera en su bolso para preguntarle:

—¡Pss! ¡Pss! ¡Vero!

—¿Seguro que estás bien? —volvió a preguntar ella.

—Sí, oye, esto… Ya sé que te va a parecer un poco raro, pero necesito que me hagas un favor.

—Dime.

—¡La encontré! —oí que decía la clienta.

Vero siguió con la gestión. Cuando se fue la señora, fui al grano y se lo dije:

—¿Podrías decirme si ves a un chico con barba de unos treinta años?

—¡Ajá! —exclamó Vero triunfal—. Se llama Tirón, ¿no?

—Luego te lo cuento —dije con prisa. No quería que un nuevo cliente me dejara sin respuesta—. ¡Dime, por favor!

—Veo, veo...

Esperé a ver qué decía, pero Vero no parecía dispuesta a contarme nada sin jugar antes un rato.

—¿Qué ves? —pregunté resignada.

—Un hombre con barba... —Vi cómo se echaba a un lado del asiento para ver mejor—. ¡No! ¡Dos!... ¡Tres!...

Vero se puso de pie un momento. Desde el suelo, vi que le bajaba una carrera en la media por el muslo. En ese detalle nos distinguíamos. A mí siempre me nacían las carreras en los dedos gordos de los pies.

—No te lo vas a creer, Vicky. Veo a cinco tíos como de treinta años con barba.

Genial. Ahora era más difícil identificar a un hombre sin barba que a uno que la lleve.

Entre trayectos, horarios y destinos, empezamos a jugar al *¿Quién es quién?*

—¿Alguno con barba y gafas?

Vero estaba tecleando algo en el ordenador y tardó en decir:

—Tres.

—No, no. Te he dicho dos billetes —oí la voz de un señor mayor al otro lado del mostrador.

—Sí, sí. Disculpe. Dos billetes, dos. Ahora se los saco.

Esperé impaciente a que sacara los billetes.

—Uno está como un queso —me informó mientras los billetes se imprimían—. Otro es guapito y el otro... Perdona, pero es más feo que un pie. ¿Cuál de los tres barbas con gafas es Tirón?

—¿Están muy cerca? —pregunté, tentada de asomarme.

Pero entonces el que se asomó fue el hombre que esperaba los billetes. Llevaba una boina, gafas de pasta y bufanda de cuadros. Parecía la versión española del anciano de *Up* y dijo:

—Yo diría que el guapito está delante de su mostrador, señorita. Pero eso va a gustos.

Entonces me levanté y, por si no estuviera haciendo ya suficientemente el ridículo, al incorporarme, me golpeé la cabeza con el saliente del mostrador.

—Ah... Hola, Pablo.

Él sonreía imperturbable junto al anciano de *Up*.

—Hola, Vicky.

Me senté y, al hacerlo, la silla ergonómica me devolvió la profesionalidad que yo misma había tirado al suelo minutos antes.

—¿Qué desea? —le pregunté. Pero entonces me pareció que aquella frase era un flirteo de tomo y lomo y me apresuré a añadir—: ¿Para dónde quiere el billete?

Pablo me miraba ahora con una media sonrisa.

—Para Toledo —me sorprendió diciendo.

—Muy bien, Toledo.

Me giré hacia el ordenador y vi que Vero y el anciano de *Up* nos estaban mirando sin ningún disimulo.

—Dos billetes —anunció Pablo.

—Sale uno dentro de quince minutos. ¿Le va bien?

—Depende —dijo Pablo.

Yo no me atrevía a mirarle. Lo que sí vi, por detrás de mi ordenador, fue a Vero y al abuelo, acodado en el mostrador, como quien mira una película.

—¿A qué hora terminas? —me preguntó Pablo.

Siempre he sido más que prudente interpretando las señales, pero aquello señalizaba un viaje juntos con la rotundidad de la iluminación de una pista de aeropuerto. No debía de ser la única en haberlo interpretado así, porque el anciano de *Up* soltó:

—Hala, guapa, coge el abrigo y el bolso.

El comentario de aquel hombre me puso nerviosa.

—¿Y qué te hace pensar que quiero ir a Toledo contigo? —pregunté a Pablo, rezando por haber interpretado bien las señales y no estar haciendo el ridículo de mi vida al dar por hecho que ese segundo billete era para mí.

Creo que soné borde.

—Bueno, yo... —balbuceó él.

Ay, madre. Resulta que sí, que había interpretado bien las señales, que Pablo había venido hasta Atocha para invitarme a ir a Toledo con él.

Siempre nos quedará Toledo.

—¿A qué esperas, niña? —se volvió a entrometer el hombre al que atendía Vero.

No lo pensé. Me salió sola, como suelen salir las tonterías que sobra decir. El caso es que aniñé la voz y dije:

—Esta semana a Pablo le apetecía que Vicky fuera con él a Toledo en tren... —Y ya con mi voz normal, mi voz frecuentemente borde—: ¿Y ahora qué esperas que pase? ¿Realizo un nuevo trazado ferroviario? ¿Pico balastro en una cantera? ¿Me pongo a trenzar catenarias?

Podría habérselo tomado como una broma, pero no fue así. Pablo, que había llegado tan seguro, tan sonriente, como si llevara un sombrero fedora ladeado, se transformó. Se encogió, empezó a titubear:

—Perdona, perdona... No quería... Era solo si te apetecía... Es que quería hablar contigo...

La había cagado otra vez. ¿Por qué tenía que estropearlo siempre? Había resultado antipática, borde... Fue como ver pincharse un globo y perder aire, perder forma...

Miré a Vero y al abuelo de *Up*. Nada más ver que los miraba, los dos giraron la cabeza. Disimulaban fatal.

—Pero, claro —siguió diciendo Pablo—, no sé si tenías otros planes. O... Ay. Podrías tener otro compromiso. Perdona. No debí...

Pero sí debió. Y lo hizo. Tuvo el valor de hacerlo, de venir un viernes a por mí. ¿Se habría fumado la jornada laboral? Y, en ese caso, ¿no podía hacer yo lo mismo? ¿Por qué iba a seguir ahí, atada a esa silla ergonómica, delante de aquella pantalla?

—Espera —le susurré.

Ahora iba a hacerlo bien. Ahora yo era un globo. Iba a ascender a su rescate, iba a darle un poco de mi aire, para ver si de una maldita vez, entre los dos, conseguíamos volar juntos. Quien dice «volar», dice «coger un tren».

Seguí tecleando ante el ordenador.

Esperé a que la impresora terminara de funcionar.

Cogí mi bolso, me levanté, agarré un billete a Toledo, dejé otro sobre el mostrador y le dije intentando sonar solo expeditiva, no borde.

—Mi billete ya lo llevo yo. Ahora arreglamos cuentas.

No teníamos tiempo que perder. Faltaban escasos minutos para la salida del tren.

Vero y el abuelo nos miraron y luego se miraron sonriendo. Vero levantó la mano para que el abuelo chocara esos cinco, y el abuelo, que no conocía el código, levantó la mano y saludó. Y ya no vi más porque ni me atrevía a mirar para allá, y esperaba que Pablo fuera al andén porque lo que es yo, no pensaba dar toda la vuelta y llegar al otro lado del mostrador.

No, yo iba a ir directa al control de seguridad, iba a pasar mi bolso por la máquina, ese bolso donde estaba el pintalabios que me había regalado Celia, y no iba a mirar atrás. Porque no podría soportar volver la cabeza y no ver ahí, detrás de mí, a ese chico con barba y gafas, con cara de bebé, que tantas veces había visto solo en mi cabeza.

Y me iba a montar en aquel tren a Toledo.

ÉL

La perdí de vista cuando dejó la sala por una puerta lateral para empleados. Me quedé plantado ante el mostrador esperando que saliera de un momento a otro. Miraba a un lado y a otro, hasta que me di cuenta de que la chica que trabajaba junto a ella me señalaba frenéticamente hacia la salida, hacia los andenes de la planta baja.

—¡Corre! —me gritó.

Miré hacia allí y vi a Vicky por detrás a lo lejos. Esquivé viajeras, empleados, esculturas y maletas, camino del control de acceso.

Para cuando llegué, ella ya había pasado su bolso y estaba al otro lado del escáner de seguridad.

—Su billete, por favor —me pidió la chica que estaba antes del escáner.

Tuve que esperar a que una mujer y su hijo dejaran, y luego recogieran, una mochila, un bolso, una maleta y una bolsa de ordenador. El niño abrazaba un ratón de peluche. Cuando ya habían pasado todas las cosas, la madre hizo volver al niño al principio de la cinta y le hizo dejar su muñeco. El niño lo dejó con cuidado y luego corrió a recogerlo como si se tratara de un bebé.

Lancé mi cazadora hacia el túnel del control y esperé impaciente a que saliera.

Luego fui corriendo hacia el andén. No dejaba de ser una tontería. La diferencia entre correr y no correr era menos de un minuto.

La alcancé jadeando.

—Gracias —le dije.

—Me debes doce con noventa euros —respondió ella.

—Ahora te hago un bizum.

Anduvimos a la par.

Por un momento me asaltó la duda de si habría sacado billetes contiguos. Capaz era de habernos puesto en diferentes vagones.

Pero cuando llegamos al vagón cinco, ella entró, y era el mismo vagón que ponía en mi billete.

Se paró delante de la fila cuatro.

—Yo tengo ventana y tú pasillo —me dijo—. Pero, si lo prefieres, te lo cambio.

—No, no —le dije—. Lo que tú prefieras.

—Pero ¿tú qué prefieres? —preguntó mientras se quitaba el abrigo.

—Me da igual. Lo que tú quieras.

Lanzó el abrigo al portamaletas de arriba como quien no lleva nada en los bolsillos, como quien no tiene nada que perder, pasó por delante de mí y, antes de sentarse junto a la ventana, me dijo con aire de reproche:

—«Lo que tú quieras»... Pareces mi madre.

Que posiblemente era lo último que yo quería parecer en ese momento.

ELLA

Me habría dado igual que fuéramos a Toledo, a Guadalajara o a Alcázar de San Juan. Me habría enterado lo mismo del camino, porque desde que empezó a hablar, no pude dejar de mirarlo.

Al principio, sí, cuando empezó a contarme la vida familiar de Gloria, la secretaria, lo de su marido jubilado, sus hijos fuera de casa... Alternaba la mirada entre él y la ventanilla.

Qué juntos estaban los asientos, qué juntas nuestras caras, nuestras miradas... Mucho más que en el coche. Miraba hacia fuera para tomar un respiro de esa intensidad que me hacía difícil tragar saliva sin hacer ruido. No quería parecer nerviosa, pero estaba nerviosa.

Y entonces él mencionó la palabra «BOMBA».

Lo miré tratando de averiguar por su gesto si todo aquello era un mal chiste, una broma o si realmente estaba tan loco como parecía. Porque, según él, la palabra «BOMBA», aquel detalle que yo le había contado sobre la caja de la alfombra, eran las iniciales de una banda medio terrorista, Banda Oficial de Mujeres no-sé-qué-con-la-B Arrinconadas. Eso le había contado Gloria, su compañera de oficina. A ella se lo había contado una compañera de pilates que también había sido «víctima, por así decirlo» —eso dijo él— de la banda. Gloria aún le contó más detalles —los detalles, los malditos detalles—: cómo hacían llegar las cajas a las casas, cómo las madres se metían a última hora dentro de las alfombras...

En un momento dado, miré delante y detrás por las rendijas de los asientos. Por suerte, los asientos de atrás estaban vacíos y los ocupantes de delante llevaban cascos, porque empezaba a temer que a la salida de Toledo nos esperara una unidad de psiquiatría dispuesta a internar a Pablo.

Pero es que, además, Pablo no se contentó con transmitirme lo que le había contado Gloria, sino que sentía la imperiosa necesidad de analizarlo conmigo.

—Es curioso. ¿Y no se sabe del caso de ningún hombre? ¿No hay hombres BOMBA?

—Debería —dije, intentando ponerme al nivel de su locura.

—Totalmente. Me resulta inconcebible.

—Y a mí. Pero supongo que hablamos de hombres y mujeres que fueron educados de otra forma. Mi madre es mayor... Y la madre de la mujer de tu jefe...

—Ya, claro. El heteropatriarcado —dijo Pablo solemne.

—Eso.

Empecé a pensar si todo aquello no era una venganza por el estupor que le produjo mi historia. Ahora iba a ser él quien iba a dejarme a mí sin palabras.

Pablo se quedó un momento mirando al infinito antes de volverse de nuevo hacia mí para seguir analizando más detalles.

—¿Y tú por qué crees que habrán elegido ese *modus operandi*? Me refiero a lo de llegar metidas en una caja y aparecer cuando desenrollas una alfombra. Qué extraño, ¿no? —me preguntó.

No. Era imposible que estuviera fingiendo. Realmente creía en todo aquello.

—Para mí —siguió— que no es una elección inocente. Yo creo que con lo de la alfombra reflejan eso de la abnegación materna. Una alfombra es algo que se pisotea, y estas mujeres (perdona que te diga, porque sé que en el fondo estamos hablando de tu madre) son mujeres dispuestas a, si no ser pisoteadas por sus hijos, por lo menos sí a ponerse debajo de ellos.

Lo había desentrañado él solito. Era como si supiera interpretar mi inconsciente. Me daban ganas de contarle mis sueños. ¿Sabría descifrarlos así?

Hasta entonces ni yo misma sabía por qué había elegido esa imagen cuando nos pidieron en terapia que explicáramos una parte de nuestra vida como un cuento.

Y era eso, exactamente eso. Así veía yo a mi madre, como alguien dispuesta a ponerse siempre debajo, y era eso lo que tanto me repateaba.

Nunca nadie, ni yo misma, me había comprendido así.

Y entonces, al tirar de aquel hilo que me había puesto Pablo en la mano, me di cuenta de algo más.

—Por un lado es eso, sí. Pero por otro… —me lancé a decir—. Piensa que una alfombra es también algo que hace más llevadero, más suave, menos frío, nuestro paso por la tierra, que es también lo que hacen algunas madres, ¿no?

—Sí, algunas.

—Eso. *Not all madres*.

Pablo me miró pensativo.

—Imagina un planeta alfombrado —le solté—. ¿No es la hierba, el musgo, un poco como una alfombra que pone la Madre Tierra?

Tuve que hacer un esfuerzo por no reírme yo misma. «La Madre Tierra». No podía estar tomándome en serio. No podía estar tomándose toda esta historia en serio.

Pero lo hizo.

—Sssí —admitió Pablo—. Pero si es así, si una alfombra hace menos frío el paso, que es verdad, es a costa de pisarla.

—¿Y qué me dices de las alfombras rojas, esas que colocan en los Óscar, y en los premios, y en los estrenos, y en las inauguraciones de las tiendas con pretensiones? —se me ocurrió—.

Eso no tiene nada de rastrero. Al revés, esas alfombras dignifican los eventos, les dan categoría. ¿No podría ser eso?

Pablo asintió.

—Ya, pero ¿es ese el tipo de alfombra que utiliza BOMBA? Bueno, es que no sé cómo era la alfombra en la que llegó la madre de Patri, ni la madre de la compañera de pilates de Gloria, ni la tuya... —Pablo preguntó con la avidez de un niño que está a punto de descubrir un misterio. Era uno de *Los cinco*, era Castle, era Jessica Fletcher. Creía esa historia a pies juntillas—. ¿La tuya era una alfombra roja? Claro, eso es un detalle importante.

Y ahí, ya, cuando dijo lo del detalle, no pude más.

Empecé a reír como hacía semanas, meses, quizá años que no reía. Se me saltaban las lágrimas de la risa. Me dolía la tripa. Me doblaba de la risa. Hasta los chicos de delante, con cascos y todo, se volvieron a ver qué pasaba, y yo no podía parar de reír.

Pablo al principio me miraba extrañado, pero no tardó en reírse él también, aunque se notaba que su risa, más contenida, era puro reflejo de la mía. No entendía nada.

Y entonces atesoré todos los detalles: su pelo rizado, la cruda luz de invierno que iluminaba su piel y que se reflejaba en sus ojos grises y sus pestañas también rizadas tras aquellos cristales de miope, su nariz pequeña —una nariz de la que costaba pensar que alguna vez llegaría a tener aspecto de ser una «nariz de morir» porque parecía la nariz de un niño—, su barba bien recortada, sus labios finos, sus dientes perfectamente alineados... Me quedé con su olor a limpio, con sus manos de pianista —qué bonitas aquellas manos—, con esa entrega inocente a las historias y a la risa y con esa intrepidez suya que se notaba recién estrenada. Observé todo eso antes de inmolar toda posibilidad de llegar a ser ni siquiera una «posible pareja» contándole la verdad.

ÉL

Ella me dejó hablar y hablar. Dejó que contara todas aquellas tonterías que me había dicho Gloria. Hasta se unió a mí cuando empecé a elucubrar sobre la simbología de la alfombra, etcétera.

Hasta que ya no pudo más y estalló en carcajadas.

Cuando por fin pudo parar, cogió aire y me pidió perdón. Y al momento pasó de la risa al sollozo y me contó algo que supuestamente hacía que todo lo que yo acababa de contar fuera una historia disparatada, la historia más ridícula del mundo, al menos comparada con la verdadera historia, que era una de las historias más tristes del mundo, una historia a la altura de *La cerillera*, una historia de frío, desprotección y miseria emocional.

Lo que Vicky me contó es fácil de resumir: se lo había inventado ella. Todo lo de la madre llegando en una alfombra. Era su forma de contarse la vida. Lo hizo a petición de una psicóloga. Y esa fue su manera de explicarse cuando estuvo tan mal, tan abismalmente sola, tan hundida en una depresión que tuvo que pedir ayuda.

La ayuda le llegó de manos de una psicóloga, sí, y de la persona que, mal que le pesara a veces, nunca iba a abandonarla: su madre.

La psicóloga le había hecho ver la importancia de saber pedir ayuda. Parecía avergonzada contándolo. «Qué horror, sueno como Marian Rojas, o como mi madre», dijo en un momento dado. No fue que su madre llegara y se desplegara ante ella, servil y dispuesta a ser pisoteada; es que Vicky dejó de franquearle el paso. Y un día, en terapia, contó, como quien cuenta un cuento —era un ejercicio—, cómo llegó allí: «Mi madre llegó en una alfombra. No como Aladino. Llamaron a la puerta. Había una caja, una caja grande, del tamaño de un árbol de Navidad. Al abrirla, apareció una alfombra. Y al desenrollar la alfombra, salió rodando mi madre».

Se había acostumbrado tanto a aquella historia que es la que nos contó.

—Lo que no entiendo es cómo puede ser que aquella mujer del gimnasio contara la misma historia. ¡Y Patri, la mujer de mi jefe!

—La mujer de tu jefe... Creo que... —dijo Vicky—. ¿No tendrás una foto de ella?

En un principio, pensé que no, hasta que me acordé de aquella foto que mandó por wasap a modo de felicitación navideña. Salía él con su mujer y los niños. En la nieve. La busqué hasta dar con ella.

Vicky prácticamente me arrancó el móvil de las manos. Era solo una comprobación. Ya sabía que la conocía.

—Está diferente. Mejor —susurró.

—¿Mejor? Ah, puede que la vieras. En el tanatorio.

Pero Vicky seguía callada mirando la foto.

—¿La conoces? —le pregunté yo.

—Un poco.

Y se quedó ahí. No parecía tener ganas de contarlo. Supongo que al final se sintió obligada a darme una explicación, al mismo tiempo que buscaba una ella.

—Coincidimos en unas sesiones de terapia de grupo. Con la psicóloga. Hace ya muchos meses.

Sentí su incomodidad.

—Si no quieres contármelo...

Vicky me miró un momento a los ojos. Fijamente, al centro de los ojos. Una de esas miradas que uno tiene el instinto de esquivar. Pero no la esquivé. Le devolví la mirada. Solo que la suya decía muchas cosas que yo no sabía interpretar y la mía solo era un signo de interrogación.

—Recuerdo que siempre olía bien. Como si acabara de perfumarse.

A partir de ahí, Vicky miró a lo lejos, por la ventana, y fue como si cogiera carrerilla. El tren aceleró y ella también.

—No te puedo contar mucho. Sé que tenía miedo, mucho miedo, miedo de quedarse sola. Tenía anorexia o bulimia, o todo junto. Pero sobre todo tenía miedo. Miedo de quedarse sola. Terror.

Vicky volvió a mirarme.

Tenía una lágrima detenida en la mejilla derecha. A la luz de aquel sol de invierno, parecía una gota de aguanieve. Acerqué la mano para recogerla, no para limpiarle la cara sino con el inútil deseo de conservar aquella gota, como quien guarda una castaña del parque.

Vicky sonrió un poco.

—Supongo que una madre puede ser el comodín de la soledad —admitió—. Yo solo sé que conté esa historia de la alfombra en ese grupo. Nunca imaginé que alguien más quisiera utilizarla. Pero para eso están las historias, ¿no? —dijo antes de añadir con una sonrisa triste—: Debería registrar la idea de la alfombra, ¿no crees?

Todo aquello no era más que una explicación ficticia, como los Reyes Magos, como el ratoncito Pérez, una ficción que varias mujeres, mujeres que acudían a la misma psicóloga, habían compartido y habían querido creer. De ahí había echado a rodar de boca en boca, como coartada para quien la quisiera. La historia de madres que acudían al rescate de sus hijas cuando no podían más y se quedaban hasta que las hijas ya no podían más de su presencia.

Aquella inverosímil llegada en alfombra era la forma que tenían aquellas hijas de contarse que necesitaban a sus madres, su excusa para volver a su cobijo, su forma distorsionada de contar la realidad, su fábula de los Reyes Magos, una excusa mágica para algo que se necesita más o menos desesperadamente: protección, cuidado, la fe en la magia, los regalos.

Al parecer, la mujer del jefe también necesitó esa protección durante un tiempo, y, cuando dejó de necesitarla, fue su madre, la suegra del jefe, quien la necesitó, porque los cuidados son tantas veces billetes de ida y vuelta.

—Pero todo aquello que me contaste de la caja, del hombre del cajero, del remite con la palabra BOMBA...

—Ah, sí. Los detalles... —Vicky había dejado de sollozar y hablaba con la serenidad de lo irremediable—. Los detalles son importantes. Dan verosimilitud a los relatos. Si lo piensas, nos sostenemos sobre mitos llenos de detalles. ¿Acaso no acompañamos a los Reyes Magos de camellos o dromedarios (nunca lo he sabido), de pajes...? ¿No rodeamos a Papá Noel de un ejército de ayudantes, de renos...? ¿No inventan que uno de aquellos renos tiene una nariz roja?

—Rodolfo.

—La verdad es que no sé ni cómo pudiste tragarte todo aquello del hombre del cajero. Eso fue otro mito, otra explicación ficticia inspirada en un hecho tan sencillo como miserable: aquel día no llevaba ni un euro para pagar los cafés. Esa historia la inventé solo para ti. ¿A que la mujer del jefe no dijo nada sobre eso?

—Pero la mujer del gimnasio, sí.

—Claro. Según Gloria. ¿Le contaste tú a Gloria lo del remite que ponía BOMBA?

Y entonces me di cuenta de que era Gloria quien me había ido empujando poco a poco hasta ahí. Ella me había preguntado por Vicky... ¡Claro! A su lado, el jefe era un aprendiz de celestino.

Aunque empleaba una técnica distinta: Gloria no había intentado endosarme a una chica ideal para el proyecto Familia S. L. Había leído mi interés y mi torpeza y había intentado ayudar. Capaz era de haberse inventado todos esos detalles, toda esa historia rocambolesca para que contactara con Vicky.

Al fin y al cabo, ¿no eran pequeñas o grandes ficciones las que acaban uniéndonos? ¿No me había contado Vicky que su familia ahora estaba más unida que nunca en torno a aquella «muerte por atragantamiento»? Y no solo eso. ¡Pero si el jefe era la mejor prueba! Él mismo, el hombre más inteligente y descreído que conocía, había sido capaz de tragarse aquella historia de la alfombra con tal de seguir unido a su mujer y evitar la disolución de aquella Familia S. L.

El paisaje pasaba por la ventana. Enmarcado como en un televisor, parecía un decorado, un paisaje de mentira. Y el primer engaño era esa sensación de que era él quien pasaba cuando en realidad los que pasábamos éramos nosotros.

—Vicky.

—¿Qué?

—Conozco a mucha gente. En mi trabajo, veo a diario a gente que intenta caernos bien, que solo nos enseña su lado bueno...

—Ya, perdona. Acabas de asistir a un espectáculo lamentable y poco habitual para ti —dijo Vicky retirándose ella misma el resto de una lágrima.

Me giré con todo el cuerpo hacia ella para decirle:

—Nunca he conocido a nadie como tú.

Vicky también se giró.

—Y nunca —seguí. Era un kamikaze— he tenido tantas ganas de seguir conociendo a alguien como a ti.

Vicky miró hacia mi mano. Uno a uno, fue enlazando sus dedos con los míos: el índice, el corazón, el anular, el meñique...

—Pablo.

Oír mi nombre en su voz. Otra punzada.

—¿Qué?

Vicky sonrió. Me recordó a aquella sonrisa suya bajo la nieve. Era pura alegría.

Y entonces me preguntó:

—¿A qué vamos a Toledo?

Quise inventar una ficción a la altura de lo nuestro, quise que fuera algo bonito, algo que recordar, porque ese momento, esa luz, ese viaje, esa mano que acababa de enlazarse con la mía, ese paisaje... los quería recordar siempre.

—Vamos a por pasta de mazapán para hacer sopa de almendras.

Vicky apoyó su cabeza en mi hombro y, al poco rato, mientras yo le contaba aburridísimas historias sobre nuestras navidades, se durmió.

ELLA

Me había retirado una lágrima de la cara con la delicadeza de quien quita una mota de polvo del ala de una mariposa.

Me había escuchado, me había mirado a los ojos y me había visto.

Me acordé de Patri llorando en terapia, de mí llorando. Cerré los ojos. No sé por qué hacemos eso cuando queremos dejar de pensar en algo. No somos menos ingenuos que esos bebés que se tapan los ojos y creen que han desaparecido para el resto del mundo. Con los ojos abiertos o cerrados, la vida sigue ahí.

No siempre sigue para mal.

Con los ojos cerrados, Pablo seguía ahí.

Seguía ahí después de haberme visto por dentro, y quería seguir viéndome.

Pero ahora le tocaba a él mostrarme un poco más de sí mismo.

Empezó a hablarme de la última vez que estuvo en Toledo, con su madre, de ese redondo momento de felicidad que les dieron la búsqueda de zapatos nuevos y sopa de almendras.

—Salió con ellos puestos —me contó—. No se quejaba, pero seguro que, con los de antes, iba incomodísima todo el tiempo.

Sonreí para mis adentros pensando en mi madre y su búsqueda incesante de unos zapatos que no dolieran.

—¡Ay! La sopa de almendras... —volvió sobre el tema.

Estaba preocupado por si no me gustaba la sopa, como a Mafalda.

—No es sopa sopa. Es un postre —me explicó.

—Mmm —dije apoyada en su hombro, con los ojos cerrados.

Me habló de las navidades de su infancia, todo ese follón de primos, mayores... no tan distinto al mío, y me refugié ahí, en ese recuerdo suyo que estaba recreando para mí, en ese tiempo mágico, ese olor delicioso a sopa de almendras, esos zapatos expuestos, esa inocente expectativa que lo llena todo. Es imposible contemplar la posibilidad de que se frustre. La esperanza lo llena todo.

Atreverse a conocer a alguien también era poner los zapatos a los Reyes Magos. ¿Quién en su sano juicio renunciaría a esa ilusión?

Fingí que dormía.

Si él había sido capaz de creer que mi madre había llegado en una alfombra, si había sido capaz de creer que existía una banda organizada de madres que se sentían arrinconadas y se enviaban a sí mismas a casa de sus hijos, hacerle creer que dormía era un juego de niños.

Hablaba cada vez más bajito.

Se equivocan quienes valoran el mérito de crear una ficción. Hay un inmenso mérito en quien es capaz de creerla. Hace falta bondad. Y por eso todos los niños son capaces de creer en los Reyes Magos mientras son pequeños, mientras son buenos.

Yo, que quería por encima de todo ser buena, suspiré profundamente. Los párpados, cerrados. La cabeza, apoyada en ese hombro fuerte que olía a limpio. Mi mano, cogida a la suya.

Él, pensando que estaba dormida, me acarició muy suavemente la cara con la mano que le quedaba libre. Sentí las yemas de sus dedos, suaves y calientes, como sin huellas dactilares. Parecía no necesitar que me diera cuenta de su afecto. Me acariciaba porque sí, porque quería acariciarme. En ese momento, me creía dormida y no quería demostrarme nada, solo rozarme la cara con la punta de los dedos.

Pero consiguió algo más: vi que él era bueno.

Dejó de hablar. Supongo que no quería despertarme, aunque yo habría seguido escuchándolo hasta Cádiz. Lo malo es que estábamos en el trayecto más corto de todos los AVE. Aquel tren terminaba en Toledo.

Giré la cara hacia él. Todavía con los ojos cerrados.

—No estoy dormida —le susurré.

—Estupendo. Entonces puedo besarte.

—Bueno, yo también podría besarte a ti.

—Cierto.

—De aquí a Toledo.

—No queda tanto.

—Lo sé. Vendo billetes. De momento.

—Sin presiones.

La revisora que vio a aquella pareja besándose en la fila cuatro del vagón cinco se acercó a llamarles la atención.

Hacía unos minutos que el tren había hecho su entrada a Toledo y el vagón debía ser desalojado.

Pero, al acercarse, se dio cuenta de que la mujer de la fila cuatro llevaba el uniforme del personal de Renfe.

Entonces cambió de idea. Se giró en el pasillo y volvió por donde había venido, agradeciendo que el enmoquetado suelo silenciara sus pisadas, sintiéndose satisfecha de haber decidido no interrumpir ese momento. Era lo que se suponía que debía hacer: desalojar el vagón. Pero esta vez no iba a hacer lo que se esperaba de ella, no.

Iba a hacer, para variar, lo que le diera la gana, que en ese momento era compincharse con esa felicidad.

Y se largó feliz, aliviada y por fin libre, como una madre con zapatos nuevos.

«Para viajar lejos no hay mejor nave que un libro».

EMILY DICKINSON

Gracias por tu lectura de este libro.

En **penguinlibros.club** encontrarás las mejores recomendaciones de lectura.

Únete a nuestra comunidad y viaja con nosotros.

penguinlibros.club

penguinlibros